文春文庫

光る海

新・酔いどれ小籐次（二十二）

佐伯泰英

文藝春秋

目次

「新・酔いどれ小籐次」　おもな登場人物

赤目小籐次《あかめことうじ》
元豊後森藩江戸下屋敷の厩番。主君・久留島通嘉が城中で大名四家に嘲笑されたことを知り、藩を辞して四藩の大名行列を襲い、御鑓先を奪い取る（御鑓拝借事件）。この事件を機に、〝酔いどれ小籐次〟として江戸中の人気者となる。来島水軍流の達人にして、無類の酒好き。研ぎ仕事を生業としている。

赤目駿太郎《しゅんたろう》
小籐次を襲った刺客・須藤平八郎の息子。須藤を斃した小籐次が養父となる。元服して「赤目駿太郎平次《ひらつぐ》」となる。

赤目りょう
小籐次の妻となった歌人。旗本水野監物家の奥女中を辞し、芽柳《めやなぎ》派を主宰する。須崎村の望外川荘に暮らす。一家の愛犬はクロスケとシロ。

北村舜藍《しゅんらん》
りょうの父。御歌学者。妻はお紅《こう》。

五十六《いそろく》
久慈屋昌右衛門《くじやまさえもん》
芝口橋北詰めに店を構える紙問屋久慈屋の隠居。小籐次の強力な庇護者。番頭だった浩介が、婿入りして八代目昌右衛門を襲名。妻はおやえ。

観右衛門《かんえもん》
久慈屋の大番頭。

国三《くにぞう》
久慈屋の見習番頭。

近藤精兵衛《こんどうせいべえ》　南町奉行所定町廻り同心。難波橋の秀次を小者に抱える。

桃井春蔵《もものいしゅんぞう》　アサリ河岸の鏡心明智流道場主。駿太郎が稽古に通う。

岩代壮吾《いわしろそうご》　北町奉行所与力。弟の祥次郎と共に桃井道場の門弟。

空蔵《そらぞう》　読売屋の書き方兼なんでも屋。通称「ほら蔵」。

青山忠裕《ただやす》　丹波篠山藩主、譜代大名で老中。妻は久子。小籐次と協力関係にある。

おしん　青山忠裕配下の密偵。中田新八とともに小籐次と協力し合う。

お鈴　おしんの従妹。丹波篠山の旅籠の娘。久慈屋で奉公している。

子《こ》次《じ》郎《ろう》　江戸を騒がせる有名な盗人・鼠小僧。小籐次一家と交流がつづく。

三枝薫子《さえぐさかおるこ》　直参旗本三枝實貴《さねたか》の姫。目が見えない。江戸で小籐次と子次郎に窮地を救われた後、三枝家の所領のある三河国で暮らしている。

光る海

新・酔いどれ小籐次（二十二）

第一章　月代平次《さかやきひらつぐ》

一

文政十年（一八二七）春。

昼下りの刻限、南町奉行筒井政憲《つついまさのり》の乗物に従い、同心近藤精兵衛《こんどうせいべえ》は芝口橋に差し掛かろうとしていた。

町奉行は馬登城が恒例だが、本日は公の他出ではない、ために内与力がお忍び用に権門駕籠を用意した。

愛宕《あたご》権現に詣でる名目で久慈屋《くじや》にて赤目《あかめ》小籐次《ことうじ》と面会しようとしていた。

武家方にとって年末年始は、総登城など多忙な日々が続く。ゆえに筒井は赤目小籐次にも久慈屋にも会えずにいた。なんとか筒井奉行に暇が生じたのが仲春に入ってからだった。

近藤はちらりと紙問屋の店頭に視線をやった。いつもは赤目小籐次と駿太郎《しゅんたろう》の父子が研《と》ぎをなしている場だ。だが、この日、父子の姿はなく紙人形の親子が久慈屋の看板よろしく「研ぎ」をなしていた。

話は前後する。

年末、近藤同心は恒例の、

「長年申しつける」

との言葉を直属の上役与力から頂戴し、新たに一年同心職を務めることになっていた。そして年明けの正月十二日、米沢新田《よねざわしんでん》藩上杉家と尼崎《あまがさき》藩松平家の江戸藩邸に筒井奉行と同行し、それぞれの藩から盗まれた名刀井上真改《いのうえしんかい》を返却していた。

ゆえにさっぱりとした気分で筒井奉行に随身していた。

「お奉行、本日は赤目父子、研ぎ仕事は休みのように見受けます」

「さようか、ならば赤目親子との面談は別の日にして、久慈屋のみに挨拶をして参ろうか」

この日、筒井政憲は随身の内与力も同道せず、異例なことに定町廻り同心近藤精兵衛を従えただけであった。真改の騒ぎは一切表ざたにならず、目ざとい読売屋も知らない様子だった。それは当事者の赤目駿太郎と久慈屋が口を閉ざしているからだ。二ふりの井上真改にからむ二家の大名家にとっても南町奉行所にとっても公になってよい騒ぎではなかった。

「はっ」

と返事をした近藤が小走りに久慈屋に向かい、上がり框《かまち》に身を乗り出すようにして、

「昌右衛門《まさえもん》、観右衛門《かんえもん》、いささか邪魔をしたい」

と帳場格子に並んで座る八代目の主《あるじ》と老練な大番頭に囁《ささや》いた。

「なんぞございましたかな」

と観右衛門が乗物を見て、

「近藤様、店のなかへお乗物を入れてくだされ」

「おお、そうさせてもらうか」

近藤同心が仕草で陸尺《ろくしゃく》に指図した。

紙問屋の久慈屋の店土間は大きな荷を扱うゆえ、天井も高ければ広さもあった。ゆえに悠々と乗物が入ることができた。

陸尺が履物を権門駕籠の前に揃え、扉を開いた。

帳場格子から主従が無言で南町奉行に会釈して迎え、

「こちらへ」

と大番頭が三和土《たたき》廊下から内玄関へと乗物の客を招いた。

筒井政憲が無言のまま庭に面した奥座敷に通された。

町奉行がいきなり商家に訪ねてくるなどありえない。

師走《しわす》、久慈屋に尼崎藩松平家の元武具方野尻誠三郎《のじりせいざぶろう》が押し入り、赤目駿太郎が迎え撃つという騒ぎがあった。昌右衛門と観右衛門は、奉行所から何か言ってきてもいいように密かに話し合っていた。だが、前述した理由で騒ぎから日にちが過ぎていた。それでも昌右衛門が野尻の名を出すこともなく、

「ようお出で下さいました」

と平伏した。

「久慈屋、本日は忍びである。堅くるしい挨拶は抜きにしようか」

「は、はい」

と主従がようやく頭を上げた。

「師走は久慈屋に迷惑をかけたな。城中にて米沢新田藩の上杉どの、また尼崎藩松平どののお二方から丁重なる礼の言葉を述べられて、それがし、大いに面目を

施した」

「おお、それはようございました」

と昌右衛門が笑みの顔で返答し、

「私どもではのうて、赤目小籐次・駿太郎父子がおるとよいのですがな。生憎《あいにく》本日は仕事に見えておりませぬ」

「倅《せがれ》の駿太郎、なんぞ差し障りはあるまいな」

野尻誠三郎との斬り合いでの怪我を筒井奉行が案じた。

「それは一切ございませぬ」

と昌右衛門が言い切ったとき、見習番頭の国三《くにぞう》が仏間のほうに控えて、

「申し上げます」

と小声で囁いた。

「なんですな、番頭さん」

国三はかような場にわけもなく顔出しする奉公人ではない。それだけに若い主が問い返した。

「ただ今研ぎ舟蛙丸《かわずまる》が船着場に」

「なんとお見えになった。赤目小籐次様おひとりですかな」

「いえ、駿太郎さんもいっしょにです」

「おお、それはよかった」

と昌右衛門が応じて観右衛門が国三といっしょに迎えに出た。

「昌右衛門、仕事にしては遅い刻限ではないか」

と廊下に控えていた近藤精兵衛が言った。

「なんぞございましたかな。お奉行様の訪《おとな》いを承知でしたかな」

「久慈屋、こちらから知らせた覚えはないぞ。だがいかなる曰《いわ》くであれ、なによりである」

と筒井政憲が応じたとき、廊下から大番頭に案内された小籐次が筒袴に袖なし羽織をきて、ひょこひょこと姿を見せた。

廊下にいた近藤同心が、

「赤目様、駿太郎どのは伴っておりませぬか」

と小籐次に質《ただ》した。

「南町奉行筒井様のご来駕と聞き、それがしめが、まずご挨拶に罷《まか》り越しました。駿太郎も呼んだほうが都合宜しいですかな」

小籐次が近藤同心の傍らに座し、だれとはなしに質した。

「赤目様、本日の筒井様のお越しはお忍びだそうでございます。駿太郎さんも同席なされたほうが筒井様もお慶びかと」

「ならば駿太郎を呼びまする」

その問答を聞いた観右衛門が、それ見たことかという表情で小籐次を窺い、店へと戻っていった。

「赤目様、こちらへ」

と昌右衛門が座敷に小籐次を呼んだ。

「主どのの誘いゆえ座敷に罷り越しまする」

との言葉に、

「赤目小籐次、白書院で来島《くるしま》水軍流の奥義を、上様を始めお歴々に披露したそのほう、本日はえらく堅くるしくはないか」

「あの折は前々から覚悟を決めてのこと、本日はそれがしが世話になる久慈屋の奥座敷に南町奉行がおられるなど努々《ゆめゆめ》考えてもおりませんでな、いささか驚いております」

と言葉遣いがふだんのものになって小籐次が座敷に入った。

乗物が久慈屋の店土間に入り、近藤同心ひとりの随身と聞いておよその用件を小籐次は察していた。

「赤目、本日は研ぎ仕事は休みか」

「本日、旧藩に呼ばれておりましてな」

「おお、森藩に招かれておったか」

と筒井が答えたとき、駿太郎が備前古一文字則宗《のりむね》を手に姿を見せた。六尺余の身に上様から拝領した大業物《おおわざもの》がよく映えた。

「父上、お呼びですか」

「父ではない。近藤同心の主様のお呼びである」

と聞いた駿太郎が廊下に座して筒井政憲を正視し、

「赤目駿太郎平次《ひらつぐ》にございます」

と挨拶した。平次は諱《いみな》だ。

「おおー」

しばらくぶりに会った近藤同心が驚きの声を漏らし、

「駿太郎、加冠《かかん》をなしたと聞いてはいたが」

と筒井奉行が質した。

「はい、駿太郎、十四歳になりましたゆえ、祖父の北村舜藍《きたむらしゅんらん》を烏帽子《えぼし》親として髪上げをなしてございます」

「赤目小籐次、なんともめでたい話ではないか。上様はご承知か」

「筒井様、それがし、浪々の身の研ぎ屋風情、なんじょう上様に倅の元服をご報告いたしましょうや」

「そのほうら上様寵愛の父子ではないか。真っ先に知らせるのが礼儀であろう」

「さようでしたかな、うーむ」

と小籐次が唸《うな》った。

「赤目、この話、それがしから上様にお知らせ申してよいな」

「なに、お奉行様が公方《くぼう》様にでございますか、恐縮至極にございますな」

「上様は必ずやお慶びになろうぞ。もはや駿太郎は備前古一文字則宗を使いこなしておると申し上げる」

筒井が明日将軍家斉《いえなり》に会う折が楽しみといった表情で言い切った。

「駿太郎、諱の平次とはどのような意か。次《つぐ》は父の小籐次の次かのう」

「いかにもさようにございます。それがしの実父は須藤平八郎《すどうへいはちろう》という名にございました。ゆえに祖父上《じじうえ》が実父の平と養父の次を一字ずつ選び、つけてくれました」

「赤目駿太郎平次か、父の小籐次に劣らぬよき名であると上様はお慶びになろうぞ」

筒井政憲の頭は家斉に赤目父子の近況を知らせることでいっぱいのようだ。

「大番頭さん、私ども、駿太郎さんの元服《げんぷく》祝いをなしておりませぬな。筒井様がご迷惑でなければ、ささやかな祝いの席を設けとうございます。この儀、いかがでございますか」

と昌右衛門が南町奉行に質した。

「本日は、忍びの外出でな、差し障りはなかろう。なにしろ上様寵愛の赤目駿太郎平次の元服祝いであればのう」

と筒井の顔が和んだ。

「大番頭さん」

と昌右衛門が声をかけると、観右衛門がぽーん、と胸を叩いて、

「すでに仕度を始めております」

と答えた。

「久慈屋の主従も気が合うておるの」

と筒井が満足げに言った。

廊下に独り控える近藤同心が、

「赤目様、本日の旧藩訪問はなんぞ格別な御用がございましたか」

と質した。

「うーむ、それよ」

と小籐次が口を開くべきかどうか迷った表情を見せた折、おやえやお鈴《すず》らが酒と膳を運んできて、おやえが筒井に挨拶した。

「南町奉行筒井様ご同席の駿太郎さんの元服祝い、なによりにございます」

とかような接待には慣れたおやえだ。

「おお、急な訪いに馳走とは恐縮至極じゃ。駿太郎の元服にそれがしもあやかろうか」

と筒井が言うと、

「お奉行様、こちらの娘さんは」

と駿太郎が筒井に呼びかけ、

「老中青山様の国表丹波《たんば》篠山《ささやま》藩の老舗旅籠《はたご》のお鈴さんです。篠山藩の奥向きで行儀見習いの奉公をしておりました。ただ今では久慈屋さんに世話になっております」

と紹介した。

「なに、久慈屋には老中青山様の関わりの娘が奉公しておるか。うむ、久慈屋の世間が広いのか、それとも」

と筒井が驚きの顔でお鈴を見た。

「お奉行様、鈴がうちに奉公しているのは、赤目様ご一家が丹波篠山を訪ねた帰りに、江戸へといっしょに出てきたことがきっかけです。つまりは赤目小籐次様の縁があってのことにございます」

「いやはや、ふだんから久慈屋の紙には世話になってきたが、まさか老中青山様の奥向き女中衆が芝口橋におるとはのう」

と筒井が感心した。

「近藤様もどうぞこちらにお入り下さい」

と独り廊下に座して、どうしようかと迷った風情の近藤精兵衛におやえが声をかけた。

「それがしも膳を頂戴できますので」

と近藤が立ち上がろうとすると駿太郎が、

「兄弟子様はこちらへお座りください」

と小籐次の傍ら、筒井奉行に向き合う膳を勧めた。

「よいのか、駿太郎さん」

「近藤様は鏡心明智流桃井《もものい》道場の大先輩です。それがし、元服したからといって酒は嗜《たしな》みません。お奉行様や昌右衛門さんや父上と酒を酌み交わしてください」

と駿太郎がさっさと端っこの膳の前に座った。

「なんと、それがし、お奉行の向かいですか。えらいことになってしもうた。一介の同心風情がお奉行と酒を酌み交わしてよいものか」

と独りごちた。

「近藤様、本日はお忍びと大番頭さんにお聞きしましたよ」

「おお、そのことよ、駿太郎さんのお陰でそれがしの首が繋がったでな、かような仕儀になったか。近藤精兵衛がこのような上席にな」

と未だ落ち着かない風情の近藤だった。

「菊御紋の井上真改は尼崎藩松平様に無事ご返却になりましたな」

と昌右衛門が承知のことを念押しして問うた。

「返却致したが、お奉行が城中で改めてお礼を述べられたとか、そこで一番先に礼を申すべき赤目様父子に挨拶に参りたいと申されるで、いささか遅くはなったが本日それがしが久慈屋への案内方を務めた。お陰で久慈屋の奥座敷で駿太郎さんの元服祝いの酒まで頂戴できるとは、お奉行宜しいのでござろうか」

筒井奉行に近藤同心が恐る恐る尋ねた。

「近藤精兵衛、そなた、赤目小籐次やら久慈屋やらと、えらい知り合いを持っておるな。この二家への出入りなど町奉行のそれがしにはどうにもならぬわ。なにしろ家斉様から拝領した刀を携えた十四歳の元服の祝いの席じゃぞ。奉行とて仰天しておるわ。この縁、大事に致せ」

と筒井政憲にいわれた近藤同心がさらに恐縮した。

駿太郎の席にも形ばかり盃がおかれてお鈴がほんの少し祝いの酒を注いだ。

「赤目駿太郎、元服目出度いのう。父に倣い、よき武芸者になりなされ」

と筒井奉行の祝いの言葉で盃が干された。

当の駿太郎は口をつけたが、

「お奉行様、父の小籐次を真似ても真似のできぬことが多々あります。そのひとつ、駿太郎は一斗五升どころか、この盃の酒が飲み切れませぬ」

とほとんど酒の残った盃を見せた。

「駿太郎、この父とてそなたの歳で酒など嗜んだ覚えはないわ。大人になれば酒の味が分かるわ」

と小籐次が言った。

「赤目様、最前のそれがしの問いはどうなりましたな。旧藩訪いの曰くですよ」

近藤同心は盃が交わされ始めたのを潮に小籐次に尋ねた。

「まだ覚えておられたか」

と小籐次がいささか返答に困った顔をした。

「赤目様、厄介ごとなればお断わりに」

と言わんとした観右衛門がいったん言葉を止めて、

「なんぞ格別なことがございましたか」

と言い直した。

「近藤様、父と私、いえ、それがしでした。過日、豊後《ぶんご》森藩に同道せよとのお言葉が殿様からございましたが、本日もその念押しです。というのも父があまりにも多忙な日々を過ごしておると家臣に聞かされたとか、殿様は心配になられたようでした。格別、新たな御用を仰せつかったわけではございません」

駿太郎が祝いの鯛の身をほぐしながら、この話を知らぬ筒井奉行にも聞かせるように言った。

「豊後とはな、また遠い地に御用もなく参られる話の念押しでしたか」

とこの一件を承知の観右衛門がこちらも筒井奉行に告げ知らせるように言い添えた。

「赤目どの、久留島《くるしま》様から格別な御用があるのではないか」

筒井が森藩行に関心を示して話に加わった。

「駿太郎が申すように参勤下番に同道せよとの話は過日もございました。それがし、下屋敷の厩《うまや》番とは申せ、亡父とともに仕えた森藩のことです、それに加えて、酒にて失態を為した折、成敗されようとしたそれがしを、殿様に救ってもらった恩義もござれば、藩を辞したからと申して、無下にお断わりもできませんでな。もっとも最前申したように御用件がよう分からぬ」

と小籐次が首を傾げた。

「それはお困りですな」

と観右衛門が小籐次の心中を読んだように言い、

「赤目様、いつかはお尋ねしようと思うておりましたが、あの万八楼の大酒の催しを口実に、赤目様は自ら藩を辞されましたな。そのあと、久留島通嘉《みちひろ》様に恥を掻かせた大名四家の御鑓《おやり》先を切り落とされた。つまり『御鑓拝借』騒動は遠大な考えがあっての行動でございましょう」

「近藤どの、わしはさような企《たくら》みはできんぞ」

と小籐次が首を振って答え、

「なにやら殿の顔付きがいつもと異なり、険しいでな。父子で玖珠《くす》なる地に参ることを断ることができなんだ。とは申せ、用件があるのかないのか殿も口になさらなんだわ」

と小籐次が答えた。

その場の全員が一瞬黙り込んだ。

「駿太郎さん、豊後って丹波より遠いわね。参勤下番に何日かかるの」

「お鈴さん、父上に聞いたところ、徒歩《かち》の東海道と海路の天気がよくて四十日から五十日はかかるそうな」

と駿太郎が答え、

「丹波篠山の倍の日数よ」

とお鈴が啞然《あぜん》とした。

「となるとやはり森藩になんぞ難儀が降りかかっておりますかな」

と観右衛門が小籐次を見た。

「なにしろ石高一万二千五百石、貧しさを通り越しておりましょうしな。どのような難儀が降りかかっていても不思議ではござらぬ」

と小籐次が答えた。

「ううーん」

と呻《うめ》いたのは南町奉行筒井政憲だ。

「また一つ、赤目小籐次父子に武勲が加わるか、あるいはただの貧乏くじを引かされに西国まで参るか」

酒にいささか酔ったせいか筒井の口も軽くなっていた。

「往来に百日、向こうに一月《ひとつき》おられたとして百三十日ですか。これまで以上の長旅にございますな」

と昌右衛門も呻いた。

「で、おりょう様はご承知なされましたかな」

「話すも何も本日のことゆえ、おりょうは未だこの念押しは知らぬ。されど森藩の貧しさはよう承知ゆえ、おまえ様方の気持ち次第と応じような」

「おふたりだけが参勤下番に従い、おりょう様は望外川荘《ぼうがいせんそう》に留まられますか」

と近藤同心が決めつけた。

「ということになろうな」

と小籐次が手の盃の酒を飲んだ。

二

六つ（午後六時）過ぎ、研ぎ舟蛙丸を駿太郎が漕《こ》いで大川を遡上していた。流れの左手には首尾の松が見えた。桜の花の季節が到来して、通人が借り切った船で花見を楽しんでいた。

南町奉行筒井政憲らを相手にほどよい量の酒を飲んだ小籐次は、なにか考え事をしていた。

「父上、またお得意様に迷惑をかけますね」

と櫓《ろ》を漕ぎながら駿太郎が言った。

この界隈《かいわい》の得意客、浅草寺御用達の畳職備前屋のことを駿太郎は、

（このところ無沙汰をしているな）

と思い出したのだ。

「ああ、そうなるな」

「なんぞ懸念がございますか」

筒井や昌右衛門らと話したことで考え事が生じたかと駿太郎は思った。だが、森藩主久留島通嘉の話自体が曖昧模糊《あいまいもこ》としているのだ。いや、通嘉すら小籐次への相談事をとくと把握して整理できていないように駿太郎には思えていた。

「いや、この歳で代々世話になってきた森藩の国表を訪ねるなど、努々考えもしなかったわ。先祖が聞いたらなんというかのう」

「豊後を訪ねるのは嫌ですか」

「嫌もなにもあるものか」

と小籐次が言い放った。そして、元服をしたばかりの倅に、

「駿太郎、そなたに説明の要もないが、下屋敷の厩番だったわしじゃぞ。殿から直の頼みじゃ、断るわけにはいかぬわ。まあ、西国に参ればわれら親子が何者かだれもしるまい。殿が妙な爺を連れてきたと思われるだけであろうがな」

と小籐次が首を傾けた。

「父上、森藩はどのようなところと思われますか。大名のなかでも貧しいというのは今日の話にも幾たびも出てきましたね」

「過ぎし日、伊予《いよ》来島藩の折は領地に海があり、海からの恵みで食うには困るこ

とがなかったであろう、それに来島水軍の矜持《きょうじ》も一族がもっていたろう。ところが関ヶ原の戦いで西軍に与《くみ》したゆえに、海の民が山の奥へと追いやられたのだ。得意の水軍の技を使えず、誇りも失い、一万二千五百石では参勤交代の費《つい》えすら容易《たやす》く集められまい。こたびわれらふたりが加わるのすら、いささか負担かもしれんな」

と小籐次は費えを気にしていた。

「父上、私どもは、森藩の家来ではありませんよね。ならば、行列の近くに従って昼餉《ひるげ》や泊りの宿を別にするならば森藩に迷惑はかけませんよ。それに、行列に加わったらお酒を好きなように飲むこともできませんよ」

「おお、そのことを考えもしなんだわ、別行動な」

と小籐次がどことなくほっとしたという顔をした。

「片道五十日の道中とは長うございます」

「長いな。まあ東海道道中は別行動として、摂津から瀬戸内の海路は同道するしか仕方あるまいな」

「瀬戸内とは内海のことですね」

「おお、中国筋と四国の間に挟まれた内海の海岸は複雑にして大小様々な島があってな。播磨灘から周防灘までいくつもの海があると聞く。われらふたりだけ小舟を雇っていくわけにもいくまい」

「ですね。となると藩の御用船の隅に乗せてもらうことになりますか」

「海路は致し方あるまい」

と小籐次が己に言い聞かせた。

「丹波篠山は老中を務める青山《あおやま》様のご領地でした。篠山とて江戸や京に比べると寂しゅうございましたが、それでも京にも近く、今考えると雅にして静かな城下町でした。それと比べると西国の小藩はのんびりと」

「のんびりといえば聞こえもよいが忌憚《きたん》なくいえば寂しゅうて貧しかろうな。正直わしら親子が夢にも考えられぬところではないか」

「父上、柏原《かいばら》も森藩と同じような石高のお大名でしたよね」

駿太郎が篠山の隣藩の柏原のことを思い出させた。

「まあ、そうか、柏原を思えばよいか」

と小籐次が得心した。

しばらく父子は思い思いに参勤下番に従う道中について考えていた。

「父上、やはりなんぞ懸念がございますか」

「うーむ、殿の頼みがいま一つ分からんでな。森藩の状態を考えればまず金子《きんす》のことであろう。じゃが、わしに金子を生み出す知恵などないわ」

「はい。われら父子は研ぎ屋です」

「それもこのところあれこれと多忙で働いておらぬのう」

「明日からせっせと働いて旅の費えを貯めましょうか」

「そうするしか手はないな」

と親子で言い合った。

須崎村の湧水池への水路に入ったとき、クロスケとシロが研ぎ舟の櫓の音を聞きつけたか、ワンワンと吠えながら桜の花が咲き誇る岸辺に姿を見せた。

「あれ、あの舟は篠山藩の舟ですよ」

船着場に舫《もや》われた舟に駿太郎が眼をとめて言った。ということは老中青山忠裕《ただやす》の密偵中田《なかた》新八《しんぱち》とおしんが訪れているということだ。

「まさか厄介ごとを持ち込まれたのではあるまいな。明日から稼ぎ仕事をせぬといかんと心に誓ったところじゃぞ」

と小籐次が呟いた。

「さあて、どうでしょう」

夕暮れの船着場に二匹の飼い犬が飛び跳ねて父子を迎えた。

「駿太郎、犬どもが望外川荘にいるのは安心じゃが、蛙丸を三月《みつき》以上も放りっぱなしにはできないな」

「できませんね。でも、お梅《うめ》さんの従兄の兵吉《へいきち》さんがいますよ」

「おお、そうであったか。兵吉に時折蛙丸を使ってもらおうか」

と小籐次が応じたところにクロスケとシロが蛙丸に飛び込んできて舳先《へさき》から艫《とも》まで走り廻った。以前の研ぎ舟に比べると胴ノ間が広く、長さもある。

「お帰りなされ」

と新八とおしんが提灯《ちょうちん》を手に迎えに姿を見せた。なんとなくのんびりとした顔なので火急の用事とは思えなかった。

「おしんさん、泊りがけで見えましたか」

駿太郎がおしんに質した。

「はい、その心算《つもり》です」

「父上、本日は二度お酒が飲めますね」

と駿太郎が言った。

「おお、湯を浴びてさっぱりとした気分で宵の酒か、悪くないな」

「得意先から預かっていた道具を届けにいくついでに旧藩をお訪ねになったそうですね。森藩の江戸藩邸で御酒《ごしゅ》を振る舞われましたか」

「新八どの、そなた、老中の陰の者であったな。森藩がわしごとき客に御酒を出すと思うてか。酒を頂戴したのは久慈屋であったわ」

と小籐次が偶《たま》さか久慈屋を訪ねていた南町奉行筒井政憲といっしょに酒を頂戴したことを手短に告げた。

提灯の灯りで蛙丸を舫い、小籐次が船着場に上がり、二匹の犬と駿太郎が最後に舟から地面に飛び上った。

「赤目様、筒井様が久慈屋にお訪ねとは師走の一件ですかな」

「まあ、そんなところだ」

老中青山の密偵に隠しようもないゆえ、小籐次はそう応じた。するとおしんが、

「新八さん、南町奉行筒井様のことなどどうでもようございます。ただ今知るべきは眼前の一件でございましょうに」

と新八に注意した。

「なんにかのう。蛙丸にはおふたりしか乗っておられぬが」

新八の言葉におしんの提灯が駿太郎の顔に向けられた。新八の視線がなんとな

く駿太郎を見て、しばし凝視していたが、

「おお、駿太郎さん、月代が似合うてきたな」

と得心したように頷いた。

「中田新八様、おしんさん、それがし、赤目駿太郎平次にござる」

と駿太郎が真面目な顔で名乗り、
ふっふっふふ
と微笑んだおしんが、

「ということよ」

と言った。


半刻(一時間)後、湯から上がった小籐次、駿太郎、新八らは、炭火が埋《い》けられた囲炉裏の周りに座し、おりょう、おしん、お梅の女衆が酒の仕度をしていたが、

「おまえ様、森藩の御用はどのようなものでしたか」

とおりょうが小籐次に質した。

「参勤下番にわれら父子同道せよとの改めての命であった」

「はっ」

と新八が短く驚きの声を漏らした。

小籐次は久慈屋にて話したことの次第を繰り返すことになった。

「お断わりできますまいな」

「殿の顔を前にするとな、断わりきれなんだわ。卯月《うづき》には出立するそうな。すまんな、おりょう」

と詫びの言葉を口にした。

「そこがおまえ様のお人柄でございますよ」

「おりょう、片道四十日から五十日じゃぞ」

「往来するだけで百日近いと幾たびも聞かされました」

と駿太郎が口を挟んだ。

「おりょう、望外川荘の母屋にはそなたとお梅の女ふたりだけじゃぞ」

「クロスケもシロもおります。それにお梅の従兄の兵吉さんが始終顔出ししてくれると思います。きっと在府の森藩の藩邸のご家来衆も参られましょう。ご安心くだされ」

「わしは、おりょうの傍らで静かに暮らすのがなによりじゃがのう」

と小籐次が真面目な顔でもらし、駿太郎が、

「それがし、初めての森藩のご城下訪いが楽しみです」

「駿太郎、最前は蛙丸で丹波の柏原藩より貧しいと言わなかったか」

「貧しいと申されたのは父上です。父上が訪ねられて何事もなきところはございません。駿太郎平次、いくつもの灘を越えての船旅が楽しみになりました」

「若いというのはよいもんじゃのう、おしんさん」

「はい。十四歳で元服された駿太郎さんと五十路《いそじ》の赤目様では旅の感じ方も違いましょう。こたびはおりょう様はお留守番ですか」

「のようです」

と応じたおりょうが、

「おしんさん方は、わが亭主と駿太郎の森藩ご城下行をすでに承知のようですね」

「はい。赤目様父子の行動はわが主より上様が気にしておられますゆえ、なんとなく察しておりました」

とおしんが返事をした。

「なに、おしんさん方は、わしらの豊後行を承知か。ゆえに本日参られたか。殿

は、なんとも曖昧で、ともかく参勤下番に従えの一点張りでな、もしやして殿おん自らも難儀がなにか承知ではござらぬのではないか」

と蛙丸での駿太郎との話を繰り返すことになった。

「いえ、私どもも過日の久慈屋の騒ぎを小耳に挟んで内偵していると、森藩の参勤下番に赤目様父子が従うと聞き込みましてね、なんとなく江戸藩邸内部を覗いたのでございますよ」

「おしんさん、わが旧藩を覗いたじゃと」

と小籐次が血相を変えた。

しばし座を険しい沈黙が支配した。するとおりょうが、ゆったりとした口調で、

「おまえ様、おしんさんと中田様は赤目小籐次がどのような考えの持ち主かとくと承知でしょうに。藩主の久留島通嘉様に悪しきことなど、このおふたりが考えられるはずもありますまい」

「おお、そうか、そうであったな。おしんさん、年寄りは早とちりでいかん、許してくれ、愚かであった」

と小籐次が詫びた。

「赤目様、私どもも森藩の内情は未だほとんど探りあてておりません。ゆえに赤

目様のお考えで止めよと言われるならば、そのお言葉に従います」

とおしんが言い切った。

「いや、最前はすまなかった」

と重ねて詫びた小籐次が、

「なにしろわが先祖が奉公したとは申せ、下士も下士、厩番じゃぞ。森藩久留島家がどのような大名かもしらんでな」

小籐次の言葉に駿太郎が具のたっぷり入った汁を食しながら、

「父上が森藩は貧しい、国表は寂しかろうと申されましたが、どのように貧しいのですか。貧しさもあれこれとございましょう」

と新八とおしんのふたりに尋ねた。

「まず私どもが知ったことは、森藩はご領地が大きく三つに分かれておることです。陣屋のある玖珠郡と速水《はやみ》郡、それに日田《ひた》郡の三か所にご領地が散っております。当然一か所にあるほうが支配もし易く、費えもかかりますまい。

伊予国から来島長親《ながちか》様の一族来島水軍が山中の玖珠に封土を移されたのが慶長六年（一六〇一）のことです。豊後の玖珠郡森に入封して建藩されて、以来、この地です。山に追われた久留島家ですが、唯一頭成《かしらなり》なる湊《みなと》を飛び地として所領としております。

　森藩はこの頭成の湊から参勤交代の発着をなしまする。また年貢米を積み、摂津からあれこれと物品を仕入れるための集落でございまして、人家はおよそ五百軒余と聞いております。森藩にとって頭成は、貴重な湊にございます」

「なんと人家五百軒余の海に接した集落のみが摂津や江戸へとつながる森藩のたった一つの湊なのか」

　と小籐次が酒をなめながら漏らした。

「はい」

おしんは手描きの絵地図を広げた。

「頭成は日出《ひじ》藩木下《きのした》家のご領地に取り囲まれておりまして、森藩ご城下に参るには日出藩の領地小坂《おさか》、塚原、今宿、小松台を通って八町越で玖珠に入ります。この陸路が九里二十四丁、ほぼ十里の山道ゆえ、頭成を未明の八つ半（午前三時）に出て、玖珠領に入るのは日暮れの六つと聞いております」

「なんとのう、わが旧藩はさような辺土にあるか」

「赤目様、いつもの如くわれらの探索はまた聞きやら噂話をかき集めたもの、ただ今おしんさんが申し上げたより極楽浄土かもしれません」

と新八が言った。

「それはあるまい」

と少し新八の言葉に気持ちが和らいだ小籐次が言っておしんを見た。

「さて、もう一つの飛び地は日田郡と申しますから、ただ今は徳川将軍家の所領七万石相当でして、代官ないしは郡代（西国筋郡代）が差配しております。その幕領のなかに札本町《ふだもと》なる離れ地がございますが、この札本町についてはなにも分かっておりません。もしやして久留島の殿様の懸念はこちらかと思われます」

とおしんが推量を述べた。

「なんとも厄介な旧藩であるな。とはいえ、いかざるを得んか」

と自分で自分を得心させるように小籐次が呟いた。

「やはりおりょう様のかたわらがようございますか」

「おしんさん、それはそうじゃ。歳をとってくるとせっかちにもなるが面倒くさいと感じるようにもなる。困ったものよ」

と小籐次が嘆いた。

「父上、知らぬ土地を訪ねるのは悪くはございませんよ、意外に剣術の達人がおられるやもしれません」

　と駿太郎が言い出した。

「剣術な、もしやして来島水軍流は残っておらぬか」

「海から山の玖珠に転封されたのが二百年以上も前、ただ今の森藩の剣術は直心《じきしん》影流か一刀流だそうです」

　と新八が答えた。

「出立は四月でございますね。まだ二月《ふたつき》ばかりございます。それまでにもう少し調べがつくかと思います。探索を続けてようございますか」

「おしんさん、願おう」

　と小籐次が丁重に乞い、

「ともかくわれらの傍らに中田新八どのとおしんさんがいるのは助かるな」

「そうでございますよ。おふたりはおまえ様と駿太郎が留守の間は時折泊りにきてくれるそうです。これで望外川荘は万全と思いませぬか」

　女たちの間ですでに話がなっていた。

「おお、それは安心かな」

　と小籐次が答え、改めて酒が酌み交わされた。結局駿太郎が問うた「森藩の貧しさ」は分からず仕舞だった。

三

いつもより早めに朝稽古を終えた駿太郎は、新八とおしんの御用船に乗せてもらい、日本橋川と楓川《もみじ》の合流部で下ろしてもらった。

小籐次は後ほど蛙丸に乗り、久慈屋に直に向かうという。

アサリ河岸の鏡心明智流桃井道場まで河岸道を伝って走り、五つ半（午前九時）前になんとか道場に着いた。

「おお、月代三人組の平次様《へいじ》のお成りじゃぞ」

と未だ前髪の岩代祥次郎《いわしろしょうじろう》が迎えた。

「祥次郎どの、それがし、へいじではござらぬ、ひらつぐにござる」

と駿太郎は訂正した。

「平次《ひらつぐ》じゃと、月代になると大仰になるな」

駿太郎が元服をしたせいで清水由之助《しみずゆのすけ》も森尾繁次郎《もりおしげじろう》も前髪を落として月代にしていた。ために桃井道場の年少組に三人の月代組が誕生した。

この朝は祥次郎の兄の岩代壮吾《そうご》が姿を見せていないゆえ、年少組はのんびりと自分たちだけで稽古していた。新入りの三人もひと際長身の駿太郎を見て、

「どうみても駿太郎さんは祥次郎さんと同じ年少組じゃないよな」

「おお、おれたちと同じと言いたいがもっとちびだもんな、駿太郎さんは頭一つ、いや二つ分は大きいぞ」

などと言い合った。

「祥次郎どの、それがしと稽古を致しませぬか」

「駿ちゃん、元服したからったって急に祥次郎どのとかさ、それがしとかさ、ござる言葉はおかしくないか。未だ赤目駿太郎、うーむ、なんといったかな、二つ目の名は、おお、平次《ひらつぐ》か。ともかくだ、駿太郎は背丈が大きかろうと剣術が少し強かろうと年少組の一員、それもおれの後輩ということを忘れるな」

前髪が似合う祥次郎が駿太郎の顔を見上げて忠言した。

「いかにもさようでした。でも、己の名をどう呼べばよろしいのです、祥次郎どの」

「そうだな、それがしは鹿つめらしいぞ。おれとかさ、丁寧に言いたいならば、私めは、とかいえばいいだろ。なんたって大きな声ではいえないが駿ちゃんがこ

の道場で一番強いもんな。駿ちゃんが本気を出したら兄者《あにじゃ》なんぞいちころだよな」

「そんなことはございません。桃井道場の門弟衆は多士済々です。ところで本日は門弟衆が少ないですね。なんぞ騒ぎが起こりましたか」

桃井道場は八丁堀に近く、町奉行所の与力・同心やその子弟が門弟として多かった。

「おお、それか、ここんとこ、景気がわるいだろ、く、く、くらやどしが暗躍していてな、その取締りに兄者たちは出ておるのだ」

「くらやどしですか。初めて聞きました。壮吾さん方が出張るからには、その者たち、悪者ですね」

「おお、悪い野郎だぞ」

と祥次郎が言い切った。

「どのような悪さをするのです」

「そりゃ、悪い奴は悪いことをするんだよ」

祥次郎が応じたが、くらやどしのことを呼び名以外なにか承知しているとは思えなかった。年少組の頭分の月代組のふたり、十五歳の森尾繁次郎も清水由之助

もよく知らない様子で、

「祥次郎め、分かってないことをしたり顔でいうんじゃない。おれも由之助もくらやどしがどのような悪さをなすかよく知らないのだ」

森尾繁次郎が祥次郎に注意し、自分たちも知らぬと正直に告白した。すると新入りの猪谷俊介《いがやしゅんすけ》が、

「駿太郎さん、くらやどしとはこう書くのです」

と言い出し、道場の床に指先で字を書いてみせた。

「ほう、これで蔵宿師な。なにやらおかしいな」

と祥次郎が言った。

「どこがおかしいですか」

俊介が反問した。

「師ってのは師匠の師だよな、悪いやつにも師をつけるのか」

と祥次郎が言った。

「おお、たしかに師の字付きの悪党はおかしいぞ」

と十四歳組の園村嘉一《そのむらかいち》が祥次郎に賛意を示した。

嘉一も未だ前髪組だ。

「猪谷どの、もとへ俊介さん、蔵宿師をご存じですか」

と駿太郎が新入りに尋ねた。

新入りのなかで猪谷俊介だけが御家人《ごけにん》の倅で、八丁堀の与力・同心の身内ではない。

「私の家系は、札差《ふださし》に頭が上がらない貧乏御家人です」

「なんでだよ」

と祥次郎が聞いた。

岩代家は、北町奉行所の与力ゆえほぼ二百石どりの下級旗本の俸禄だ。だが、町方を相手にするだけに出入りの大店《おおだな》などから盆暮れにそれなりの付け届けがくる、俸禄の他に副収入が多いのだ。

「祥次郎さんのところと違い、うちは幕府から支給される蔵米《くらまい》を受け取り、自分たちで食する分を残して札差に金子に替えてもらうのです。いわゆる『蔵米取』です。

蔵前の札差たちは、私の家のような御家人に、蔵米をカタに高い利息で金を貸すのです、われらの蔵米は何年も先まで札差に抑えられています。札差には旗本・御家人のだれもが頭が上がりません。祥次郎さん宅のような奉行所与力にはあれこれと出入りの大店などから付け届けがありますよね」

「そんなこと考えたこともなかったぞ。で、蔵宿師の話はどこにいったんだよ」

　と祥次郎が話を戻した。

「そこです。幕府の直参旗本や御家人が札差に頭を押さえられていては、万が一の場合にどうにもなりませんよね。そこで何十年も前、公儀では札差へ旗本・御家人の借財返済を免除しろという触れを出したのです」

「おお、『棄捐令《きえんれい》』だな」

　と清水由之助が言い、

「はい、その『棄捐令』です」

「助かったな、猪谷家はさ」

　と祥次郎が応じた。

「祥次郎さん、一時《いっとき》はそれで借財はなくなりますが、また元の木阿弥《もくあみ》になります。なにしろ札差はいくたびも『棄捐令』がだされると商いにならないと、旗本・御家人に金を貸さなくなりました」

「そりゃ、困るじゃないか」

　と祥次郎がいい、

「困りますね。この貸ししぶりに困った旗本・御家人が、蔵宿師なる者たちに札差から金を引き出すように頼み始めたのです」

「ならば蔵宿師は悪党といえないな、それで師がついたのか」

と祥次郎が得心した。

「祥次郎さん、蔵宿師がただで旗本や御家人の金子を札差から引き出してくれると思いますか。幕臣は高い礼金を蔵宿師に支払うのです。いわば札差の借財が蔵宿師に代わっただけですが、大きな違いがあります。札差百余株は公儀が認めた商いです、一方蔵宿師は公儀が認めた商売ではありません。苦し紛れの旗本・御家人から頼まれて公儀が認めた札差から金を強引に引き出すのです」

「そやつらは善人か悪人か」

祥次郎の言葉に俊介が頷き、

「札差は、じわじわと旗本・御家人を締め付けますが、蔵宿師は力技とかワル知恵で札差から一気に引き出し、それで札差から引き出した金子の何割もの礼金をしょっぱなから引いて客の旗本・御家人に渡します。直参旗本とか、旗本八万騎といばっても、私どもは札差にも蔵宿師にも頭があがりません」

と俊介が説明した。

「驚いたな」

と森尾繁次郎が言い、

「それにしても猪谷家は苦労しておるな」

と祥次郎が続けた。

「うちだけではありません。直参旗本・御家人の大半が法事や祝言のたびに借財が増えていきます」

俊介が剣術もそうだが、考えもしっかりしていることに駿太郎は改めて驚いた。

「おまえら、無駄話をして稽古はしない心算か」

といつの間にきたのか岩代壮吾が木刀を手に年少組を怒鳴りつけた。

「兄者、いま大事な話をしていたところだ、無駄話ではないぞ」

祥次郎が兄の壮吾に抗った。

「大事な話だと、なんだ」

壮吾が弟を問いただし、町奉行所の御用に関わる蔵宿師の話を年少組の仲間にした俊介が困った顔をした。

「壮吾さん、久しぶりですね。稽古をつけてくれませんか」

駿太郎が壮吾に願った。むろん話を逸らすためだ。

「おお、駿太郎が元服して以来、稽古をしておらぬな。よかろう」

祥次郎が急いで駿太郎の木刀を手にしてきて、

「駿ちゃん、当分立ち上がれぬほどに叩きのめせ」

と耳元で囁いた。

「はい、それがし、懸命にご指導賜ります」

ととぼけた返事をした駿太郎は、壮吾と木刀を構え合った。するとすぐに構えを外した壮吾が、

「おい、駿太郎、月代にしたら一段と技量が上がったのではないか」

と真面目な口調で言った。

「おお、元服すると一段と力がつくか、ならば由之助、われらも鏡心明智流の目録がもらえるのではないか」

繁次郎が由之助に言い、

「われらも元服を早めにいたそうか」

と祥次郎がつい話に乗った。

「ばか者」

壮吾の怒鳴り声が響き、

「おまえら、元服をしただけで剣術の技量が上がるわけもないわ。もっと厳しく稽古を致せ」
と命じた。
「冗談を最初に申されたのは壮吾さんですぞ」
「駿太郎、木刀を構え合った相手に冗談をいうものか。よし、参れ」
駿太郎と壮吾が久しぶりに木刀稽古をした。木刀稽古ゆえ、互いの力量を承知していなければ、大怪我につながる。木刀が相手の五体を叩く前に、
すいっ
とかわし、
そよ
と外す者同士の立ち合いだった。
半刻あまり、汗を掻いた壮吾は木刀を引くと、
「いや、駿太郎、おぬし腕を上げたぞ」
駿太郎に言ったが、相手の駿太郎はそれには答えず、
「ご指導有難うございました」
と応じた。

そんな様子を猪谷俊介が自分の稽古はせずに、じいっと凝視していた。

「駿太郎、これから久慈屋か」

「はい。父がすでに研ぎ仕事をしていると思います」

と言った駿太郎が、

「壮吾さんに知らせたいことがございます」

「ならば三十間堀の河岸道を歩きながら話そうか」

と言った壮吾が年少組の稽古に眼をやった。

年少組の頭分ふたりの打合い稽古を見ていた壮吾が、

「由之助、繁次郎、竹刀の扱いが丁寧になっておる。これも元服の効き目か」

と声をかけた。

得たり、と竹刀を引いたふたりが、

「壮吾さん、元服のせいではありませんよ。いつも駿太郎の竹刀の動きを見ていて気付いたのです。これまでわれらは早く打とう打とうとばかり考えておりましたが、駿太郎の独り稽古の折は、実に丁寧な竹刀運びで、われら、それを真似しておるのです」

「うんうん、元服したのは無益ではなかったな。精々駿太郎の動きに倣い、稽古に励め」

と珍しく壮吾が年少組の頭分ふたりを褒《ほ》めた。

「はい」

と返事をする傍らから、

「兄者、おれも元服する。父上に話してくれぬか」

「祥次郎、そなたは十年早いわ」

「なんじゃと、おれは十年後に元服か、二十四歳の元服などあるか。兄者のいまの歳より上だぞ」

「いまの稽古のままでは十年でも足りぬかもしれんな」

と言い残した壮吾が神棚に拝礼して道場から姿を消した。

道場を出た駿太郎と北町与力の壮吾のふたりは三十間堀の西河岸を南に向かって歩いていた。

「話とはなんだ」

「四月《よつき》あまり江戸を留守にすることになりました」

「一家でか」

「いえ、父上とそれがしだけです」

「うむ、父子だけじゃと」

壮吾が駿太郎の横顔を見た。

「父上の旧藩久留島の殿様の命で、参勤下番に従うことになりました」

と差し障りのない程度に経緯を告げた。

「なんと西国豊後の森藩に参るか。用事はなんだ」

「さてそれが」

「言えぬか」

「いえ、殿様の命はただ参勤下番に従えというだけなのです」

駿太郎の返答を聞いた壮吾はしばし無言で思案しながら歩いていたが、

「ただの旧藩訪いという話ではないな。厄介ごとに親子して呼ばれたのだ。まず間違いなかろう、それがなにかということだな」

と北町奉行所の若手新米与力が言い切った。

「卯月、出立となるとあと二月近くあるな」

とこちらも御用があるという口調だった。

「蔵宿師の一件に関わっているそうですね」

「新入りの猪谷俊介に話を聞いたか」

どうやら壮吾は、俊介が蔵宿師とは何者か説明するのを聞いていたようだった。

「厄介な騒ぎですか」

「なにしろ相手は直参旗本・御家人といった幕臣じゃぞ、金はないがわれらには不浄役人めらと傲慢《ごうまん》な態度よ。そして札差は町方の扱いじゃ、多くの町奉行所の与力・同心は蔵宿師ほどではないが盆暮れに小遣いを頂戴しておるでな。あちらにもこちらにも強くは出られぬ」

「蔵宿師は、町方扱いではございませぬか」

「おう、浪々の剣術遣いが多いゆえ、われらが相手してもよい。ところが幕臣に頼まれての札差脅しだ。われらが関わりを持たぬように頭を使いよるわ」

と言った壮吾が、

「姓名や身分は申せぬ、それなりの禄高の大身旗本じゃ。この旗本の娘がとある同輩の屋敷に嫁入りすることになった。じゃが、嫁入り仕度をしようにも金子はない。出入りの札差の四番組板倉屋には多額の借財がある。そこで当の旗本家の主が蔵宿師の菅原民部《すがわらみんぶ》なる者に相談したところ、借財のある板倉屋など放っておけ、それよりよい策があると大身旗本をとある料理茶屋に連れて行ったそうな。

この料理茶屋は、札差の頭分の一番組い組の伊勢屋冶次郎兵衛《やじろべえ》が陰の主と言われておってな、知る人は知っておるのよ。さような料理茶屋に上がった旗本と蔵宿師は、豪勢な料理を次々に注文してな、ひと口も食いもせず大川に流れこむどぶに捨てさせたそうな」

「はあ」

駿太郎は相槌とも言えぬ返事をした。話の行き先がどうなるか皆目見当もつかなかったからだ。

「料理茶屋にとってどれもが高値の材料を使った料理をどぶに捨てられたのは、腹立たしいかぎりであろう。料理茶屋はこの大身旗本、知らぬわけでない御仁だという。どういうことかと戸惑ったそうな。まあ、これも蔵宿師の指図であろう。が、ここからが蔵宿師の蔵宿師たる所以でな。大身旗本は、強引に食い物が盛られていた器を店から持ち出して質入れしたそうな。蔵宿師は企てを綿密に考えて料理茶屋に上がり、手勢も連れていた。そして、それなりの金子を質屋から受け取った。料理茶屋にとって食い物はいくらも用意できるが、代々高値で集めてきた器類はもはやただ今では手に入らぬものばかりだ。料理茶屋の主は陰の主の札差と話し合って、大身旗本の屋敷を訪れ、『料理代は結構です、器を質入れした質屋を教えて欲しい』と頭をさげたそうな。この場に同席した大身旗本の御用人と称した蔵宿師の菅原民部が、『質屋な、初めて訪れた質屋ゆえ、どこであったかな』と散々料理茶屋の主をいたぶり、質屋の名を思い出す代わりにこれまでの借財は帳消しにさせたうえ、大身旗本の祝言の仕度をする金子まで出させた。そのうえ、『あり難きご教示』と頭を下げさせおったそうな。この場には陰の料理茶屋の主、伊勢屋冶次郎兵衛はいなかったらしい。どうだ、駿太郎さんや、話が分かるかな」

「どうもさっぱり」

と駿太郎は困惑の体で首を横に振った。

「分からぬか。うちの祥次郎と歳はいっしょ、剣術は強くてもかような話は、まだ難しいか。それがしも幾たびも聞かされたが、未だ不分明なところがある。だが、話し始めたことだ、最後まで付き合ってくれぬか」

壮吾が話を再開した。

「ともかく蔵宿師は、大身旗本の身分と名をかりて、大金を札差から搾り取る輩よ」

と一気にまとめた岩代壮吾が、

「この料理茶屋の陰の主は札差の頭分で当世十八大通《じゅうはちだいつう》の通人、伊勢屋冶次郎兵衛だ。菅原民部は札差の筆頭にして当世十八大通ゆえ狙ったのよ、自分の虚名が上がるようにな。

となれば伊勢屋冶次郎兵衛とて黙ってはおられぬわな。大身旗本と蔵宿師に金子を強請《ゆす》り盗られた伊勢屋は、予《かね》てつながりのある用心棒剣客数人を雇って菅原民部を襲わせたところ、反対に用心棒剣客が惨殺されて大川の首尾の松辺りの水面に骸《むくろ》が浮いていたというのだ。

この民部なる者が反対に殺したと推量されるのだが、証しひとつなく噂だけが浅草蔵前界隈に拡がっておる」

「たしかに厄介な相手ですね」

「駿太郎、そなたと赤目様が西国に旅立つ前にこやつを始末したいのだ。その折はたのむと赤目小籐次様に願ってくれぬか」

と頼まれた駿太郎が返答もせぬうちに、

「それがしはここで」

と壮吾はさっさと北町奉行所に戻って行った。

四

小籐次はすでに久慈屋で研ぎ仕事をしていた。どうやら足袋問屋京屋喜平《きょうやきへい》の道具のようだった。

「父上、遅くなりました」

と詫びた駿太郎が腰の一剣を外すと見習番頭の国三が、預かりますと受け取ってくれた。

「ありがとう、国三さん」

備前古一文字則宗を預けにいく国三といっしょに八代目主の昌右衛門と大番頭の観右衛門のいる帳場格子の前の土間に立ち、挨拶をした。

「本日もよろしくお願いします」

「道場でなんぞありましたか」

と観右衛門が尋ねた。

「道場では、近ごろでは珍しく壮吾さんと稽古をしました。またこちらに来る道の途中までいっしょに参りました。話しながらきたせいでいつもより遅くなったようです」

と告げた駿太郎は空いていた父の隣の研ぎ場に座った。すると三本の包丁が並べてあり、それぞれの柄に巻かれた紙に研ぎを頼んだ客と長屋の名が国三の字で書かれていた。

「ありがとう、国三さん」

と再び礼を述べた駿太郎は仕事を始めた。一本を研ぎ終えたとき、

「父上、森藩の国許《くにもと》にいく話ですが、別行動というより先行してはなりませぬか」

と切り出し、数日前より考えていたことを口にしようとした。しばし間をおいた小籐次が、

「薫子《かおるこ》様と子次郎《こじろう》のおる三河に立ち寄っていきたいと考えたか」

と反問した。

「父上も考えておられましたか」

と駿太郎が驚いた。

「まずは森藩にとって参勤下番の道中にわれらが同道するのは差し障りがあろう。となるとわれらは別行動するしかあるまい、との考えをおりょうに話してみたと

ころ、おりょうが、それがようございます、ならば、三河に薫子様とお比呂《ひろ》様、それに子次郎さんの三人を訪ねるのはいかがですかと言い出してな、おお、それはよいと思ったのだ」

父の知恵ではなく母の考えだと、小籐次が言った。

「さすがに母上ですね、われらの懸念を承知ですでに考えておられましたか」

「おりょうはわしと駿太郎が訪ねてもよいかともう文で問い合わせておるわ」

小籐次の返答に、

「われら血は繋がってなくとも実の身内より身内ですね。駿太郎が考えることなど母上は察しておられたんですね」

と駿太郎が笑みの顔で答え、

「森藩の殿様にも別行動の言い訳になりましょう」

「そういうことだ。それに姫はもちろんじゃが、久しぶりに子次郎とも会いたいでな」

と小籐次が言い添えた。

「よし、森藩行きがいよいよ楽しみになったぞ」

と駿太郎がいい、新たな包丁の研ぎを始めた。

大番頭と昼餉をする折にこの話が蒸し返された。駿太郎の言葉を聞いた小籐次が観右衛門に告げる気になったのだ。観右衛門が、

「ほうほう、それは三河のふたり、いえ、元祖鼠小僧《ねずみこぞう》の子次郎さんにとって喜ばしい話ではございませぬか。薫子姫もお比呂さんも大喜びしましょうぞ」

「その代わり、こちらには迷惑をかけまする」

「まあ、それはうちも京屋喜平さんもなんとか致しますよ。赤目様父子が何か月も留守をすると聞いた国三が密かに研ぎの稽古を始めたようですしな」

と観右衛門が言い出した。

「えっ、国三さんがそんなことを。でも、大番頭さん、国三さんならばそれがし程度の研ぎは直ぐに出来ますよ」

と駿太郎が言い切り、

「どうでしょう、明日から研ぎ場を三つ設けて国三さんが暇な折にわれら父子ふたりと研ぎ仕事をしてはなりませぬか」

と考えを言い添えた。しばし思案した観右衛門が、

「旦那様に許しを得ましょう。赤目様父子はこれからも上様を始め、いろいろなお方から頼み事をされます。その折にうちの奉公人が道具の手入れができんでは

話になりませんでな。旦那様もお許しになると思いますよ」

と応じた。

「父上、いま一つお話があります」

「なんじゃ、仕事に来るのがいささか遅くなった曰くは岩代壮吾どのとの稽古だけではなかったか」

「はい」

と頷いた駿太郎は岩代壮吾から聞いた蔵宿師の話をした。

「なんとさような話がございますか」

と小籐次より先に観右衛門が驚いた。

「大番頭どのも駿太郎が岩代どのから聞かされたという蔵宿師なる者の話を知らなかったのですかな」

「札差や直参旗本・御家人となると私ども紙問屋とは縁がありませんでな、むしろんうちから紙を求める大身旗本もおられますよ、かような方々は公儀の役職に就いておられますから、御役料が出ます、ゆえに金子にはお困りではありますまい。禄高が高くとも薫子姫のお家のような無役、寄合席は蔵宿師でしたか、かような輩の力を借りることになりますか」

と一つ知恵が増えたという顔で答え、

「赤目様、そうそう容易く三河国にも森藩の御城下にも行けそうにございませんな。岩代様から必ずや助勢の声がかかりますぞ、参勤下番前に厄介がひとつ増えましたな」

と小籐次に確言した。

「大番頭どの、北町にも多彩な与力・同心がおられよう。菅原民部なる蔵宿師などわれらの手を借りずとも片付く一件ではござらぬか」

と小籐次が、それはなかろうという表情で首を捻り、

「いえ、岩代様は慎重なお方です、駿太郎さんにわざわざ話したというのは、酔いどれ様の力を借りることになると考えておられるのです」

とどことなく嬉しそうに観右衛門が言い切ったものだ。

昼餉のあと、研ぎ場がもう一つ設けられた。

早速観右衛門が昌右衛門に許しを得たのだ。というわけで父と子の間に国三の座が設けられた。

「赤目様、恐れ入ります。私めが余計なことをしておるのを大番頭さんが察して

おられたとは存じませんでした」

「国三さんや、余計なことではありませんぞ。久慈屋のためを思うての行いです。ゆえに旦那様も番頭さんもわれらと同じ場での研ぎを許されたのです」

「とは申せ、研ぎ仕事はひと月や二月では習得できますまい。半端研ぎになっては赤目様父子のお名前を穢《けが》すことにもなりませんか」

「国三さんは、長年父の研ぎをだれよりも熱心に見てこられました。ただの新参の研ぎ屋見習ではありません。違いますか、父上」

と駿太郎がふたりの問答に加わった。

「おお、いかにもさようだ。まず久慈屋の道具の粗研ぎをやってみなされ」

と出刃包丁ではなく仕事に使う道具の研ぎを命じた。

「えっ、いきなりお店の道具を手入れしますか」

「いきなりではあるまい」

「余計な研ぎもどきはこの数日です」

「いや、わしがいうのは昨日今日の話ではないぞ。そなたは三年余り久慈屋の本家のある西野内村に修業に行かされておったな。その折り、そなた、紙造りに使う道具の研ぎをしなかったか」

「赤目様は覚えておいでですか。いかにも西ノ内紙を造る作業の諸々の他に道具の手入れをさせられました。ですが、それは昔の話にございます」

「いかにもさよう。駿太郎も常陸《ひたち》国西野内村に伴ったはずじゃが、覚えはあるまい」

と小籐次に聞かれた駿太郎は首を横に振った。

「さようなことがありましたか、覚えがありません」

幼い時代の話だった。

小僧時代の国三が掛取りの金を持ったまま芝居の看板に見とれていたことがあり、それが見つかって国三は久慈屋から西野内村の本家に紙造りから修業するように三年余り行かされていた。

「あったのだ」

と駿太郎に言った小籐次が、

「昔であれ、手に付けた技は不思議とな、覚えておるものだ。やってみよ」

と国三に命じた。

「はい」

と答えた見習番頭の国三はしばし瞑目《めいもく》して手順を思い出していたが、ゆっくりと両眼を見開いた。与えられた粗砥を水桶に浸して同時に砥石の滑面《かつめん》を指先で撫でていたが、しばし間をおいて桶から取り出すと水を振い落として、自分の台に据えた。

　小籐次が与えた紙切り用の刃物の刃を指で撫でて粗砥の滑面に静かにおいた。そして、刃を押して引く単調な作業を始めた。最初の動きはゆっくりと、そして、段々と律動を持って一定の速さになった。

　その様子を駿太郎は驚きの眼差しで見ていた。

　まさか国三がこれほどの研ぎ技を秘めていたとは、駿太郎は考えたこともなかった。すでに研ぎ仕事の基の技があった。

　下地研ぎを終わったとき、

「どうだ、駿太郎」

　と小籐次は倅に質した。

「父上、国三さんは巧みです、砥石も刃物もよう承知です。それがし、一人前の研ぎ師と思っていたことが恥ずかしいです」

「父が申したように国三さんは再修業の三年を決して無駄にはしていなかったということよ。頭で覚えたものは忘れてしまう。だがな、手に無心に叩き込んだ技は、決して忘れはせぬものよ」

と駿太郎に言った小籐次が、

「本日からしばらく研ぎ仕事を思い出すようにわれらといっしょに研ぎをなせ。昌右衛門さんと大番頭さんに願うでな」

「は、はい」

と国三が応じる背中を昌右衛門と観右衛門が凝視していた。

「旦那様、魂消《たまげ》ました」

「私もです」

と帳場格子のふたりが囁き合った。

小籐次が下地研ぎを終えた道具を国三から受け取ると、すっ、と刃元から切っ先へと指先を滑らせた。三分の一ほど戻して止めた。そして、国三になにも言わずに戻した。

国三は小籐次が指を止めたあたりの刃に指先を幾たびも滑らせていたが、軽く瞑目して動きを止めた。

小籐次はなにも言葉を発せず、国三も答えなかった。それでも国三が小籐次に頷きかけ、ふたたび姿勢を正すと刃を研ぎ直し始めた。

「なんだよ、新しい番頭は早首《はや》になり、研ぎ屋父子に弟子入りか」

と声がして読売屋の空蔵《そらぞう》、通称ほら蔵が三人に声をかけてきた。が、だれも答えない。

「それほど深刻な曰くでよ、馘首されたか」

「空蔵さんや、こちらへ」

と帳場格子から観右衛門が手招きし、

「うちでは長年奉公した番頭をそう容易く馘首などしませんぞ」

と注意した。

「ならば、なんで国三さんは赤目親子の真似をしているんだよ」

「うちが紙問屋というのは、長い付き合いだ、承知ですな」

「そりゃ、もう重々承知だよ」

「紙問屋の奉公人は、道具の手入れも当然承知していなければなりませんでな」

「で、研ぎを赤目父子に習っているのか。となると、赤目親子はもはや久慈屋では無用というわけだな」

「だれがさようなことを申しましたな。赤目小籐次様・駿太郎平次様親子は、うちの大看板ですぞ。私風情があれこれ指図などできるわけもない」

「ということは八代目の昌右衛門さんがひと言発すれば父子は首にできる」

「空蔵さん、そなた、うちの大看板をなんと心得ておられますか」

と昌右衛門も言った。

「どう心得るって、旦那よりえらいことはないよな」

「えろうございます、はい」

「えらいのか」

「考えてもご覧なされ。私は一介の紙問屋の主に過ぎません」

「あちらは研ぎ屋親子だよな。借りている店先も久慈屋のもんだよな」

「その父子が公方様に呼ばれて来島水軍流の技を披露し、また別の機会には大奥のお女中衆しか呼ばれぬ吹上御庭の御花見に御夫婦で招かれる。かような研ぎ屋がこの世におられますかな」

「ううーん」

と空蔵が首を捻った。

「なんでよ、新米の番頭の国三だけが赤目親子に弟子入りだ」

「空蔵さん、国三はうちの奉公人です。旦那様や大番頭の私が呼び捨てにしても差し障りはございますまい。他人の読売屋のおまえさんが呼び捨てになさいますな」

「おお、それはおれが悪かった。国三さんはなぜ赤目様親子に弟子入りしたな」

「弟子入りではございません。研ぎ仕事の基を教えて頂いているのです。それが奇妙ですかな」

観右衛門の反論に空蔵が言葉に詰まった。そして、

「なにかさ、曰くかきっかけがあるんじゃないか」

「そうお考えなれば赤目小籐次様に直にお尋ねなされ」

「あのさ、相手は、酔いどれ小籐次様は刃物を手にしているんだぜ」

小籐次は国三が研ぎ直した紙切り用の刃物を手に握っていた。

「あれでさ、すぱっとおれの首が飛ばないか」

「飛ぶかもしれませんな」

「そりゃ、参るな。そっと裏口から出ていこう」

と三和土廊下に体を向けた。

そのとき、小籐次から声がかかった。

「何用で参ったな、空蔵さんや」

穏やかな声だった。

「ああ、それだ。おまえさん宛ての文を預かってきたんだよ」

と空蔵が懐に手を突っ込んだ。

「だれからじゃな」

「それがさ、読売屋の店先にいつの間にか置かれてあったんだ。『久慈屋在赤目小籐次殿』とよ。差出人が厄介だ」

「ほう、どなたかな」

「なんと、『蔵宿師菅原民部』とあるんだよ。たれぞの悪戯《いたずら》かと思い、こちらに持ってくるのを迷ったしさ、なんぞ読売のネタになるならばと封を」

「披《ひら》いたか」

「いくらなんでもおまえさんに宛てた文を披けないよな。まして、手に刃物を持っている赤目小籐次に封を披きましたなんていえねえよ」

「ほう、ほら蔵どのも分別はあるか」

「褒めているのか、貶《けな》しているのか」

「ともかく文を見せよ」

「刃物をな、国三さんに預けてくんねえか。こいつはよ、悪戯だと思うよ」

と言いながら空蔵が小籐次に文を渡した。

小籐次は研ぎ上げた刃物を国三の手に渡し、文を受け取った。久慈屋のだれもが無言で小籐次と空蔵の問答を聞いていた。近ごろ悪名の高い蔵宿師から小籐次に宛てられた書状だ。だれもが注視していた。

「読ませてもらおう」

封を披いた小籐次がさほど厚くはない書状を幾たびか読んだ。

「なんと書いてあるよ。読売に載せてもいいような文か」

「ああ、菅原民部なる者からわし宛ての書状で、返事はそなたの読売でなせと認《したた》めてある。文章といい、慣れた筆遣いといい、悪戯ではあるまい、菅原本人かと思える」

小籐次が空蔵に巻紙の書状を渡し、

「世間にはあれこれと変わった御仁がおられるな。わしにわざわざ、己がなす行いを告げてくるとはどういうことか」

と呟き、道具を受け取り、研ぎ仕事を再開しようとした。

空蔵がざっと読んで叫んだ。

「ま、待ってくれよ。この文の返事をおれの読売に書けと菅原民部がいうているのだぞ。どう書いてもいいのか、いや、書いてはならねえのか、酔いどれ様よ」

「放っておけ」

「そ、それではおれの商いにならないよ。なにしろ、相手がおれの名を出しているんだぞ。なにもしないとなると、おれの商いは上がったり、こりゃ、いま売り出しの当世十八大通の札差の伊勢屋治次郎兵衛と蔵宿師菅原民部に赤目小籐次、うわさの三人がそろった話だぞ。放っておけなんて、ひでえや。おれと酔いどれ様の間柄、こうして文遣いまでしたのだ。頼むよ、おれに一枚嚙ませてくれないか」

と空蔵が哀願した。

小籐次が研ごうとしていた刃物を手にじろりと空蔵を見た。

「ああ、止めてくんな」

と空蔵が尻餅をついて後ずさりした。だが、手にはしっかりと蔵宿師からの書状を握っていた。

「空蔵どの、『放っておけ』と赤目小籐次がいうたと書けばよいではないか、わし宛ての文も持っていることだし、好きにせよ。わしは関わらんというておるのだ」

「な、なにっ、酔いどれ様がこの文を読んで『放っておけ』というた、と書いていいんだな。おりゃ、蔵宿師の文も載せてさ、好き勝手に読売に書いていいんだな」

「おお、馬鹿げた文にかかわっている暇はこの赤目小籐次にはないでな」

と小籐次が言い放ち、研ぎ仕事を始めた。

空蔵がちらりと小籐次を見て、

「みんな聞いたよな、おれがこの文を好きに使っていいってな、酔いどれ小籐次様が言ったのをよ」

と喚《わめ》くと久慈屋から脱兎《だつと》の如く飛び出していった。

研ぎ屋三人組も久慈屋もふだんの仕事に無言で戻った。

第二章　蔵宿師民部

一

研ぎ舟蛙丸を駿太郎が漕いで楓川をゆっくりと進んでいた。

空蔵が久慈屋を飛び出して以来、あの妙な文の話題はだれからも出なかった。

七つ半（午後五時）過ぎに研ぎ仕事を終わったとき、小籐次が、

「段々とよくなってきたではないか。あの三年で覚えた研ぎ仕事ができるようになれば、われら父子の留守の間くらい、国三さんの研ぎで久慈屋の道具の手入れはできよう」

と黙々と仕事をこなした国三に言うと、

「ありがとうございます。傍らに赤目様と駿太郎さんがおられるのはどれほど力

強いことか、旅に出られるまでとことんご指導くださいまし」

と国三が願った。

頷いた小籐次が帳場格子に向き直り、

「旦那どの、大番頭さん、ちと願いごとがあるがよいか」

「なんなりとお申し付けください」

と昌右衛門が応じて、

「あと、二、三日はこちらで仕事をさせてもらうが、その後、深川の蛤町《はまぐりちょう》裏河岸やら駒形町の畳職の備前屋に出向かねばならぬ。その間のことだ、せっかく国三さんが研ぎ技を思い出してきたのだ。どうであろう、森藩の参勤下番に出るまでわれら父子といっしょに研ぎ仕事をできまいか。むろん最後はこちらの久慈屋で仕事を致す」

と小籐次が提案した。

「おお、さようなことまでお考えですか。うちは国三が店を留守にしても仕事が滞るようなことはございません。それよりこの一月みっちりと国三に研ぎ技を教えてくださいまし。赤目様方がおられない三月か四月の間、国三が研ぎ仕事をしてくれれば、うちにとって好都合です。どうですね、大番頭さん」

と最後は昌右衛門が観右衛門に質した。

「旦那様の申されるとおり、国三が研ぎ仕事を赤目様親子にみっちり仕込まれるのは久慈屋にとってなにより大事かと思います」

との観右衛門の言葉に小籐次が国三を見た。

「赤目様、ご提案、国三、心からあり難く存じます」

と受けた国三の臨時の研ぎ職人入門が決まった。

「父上、国三さんは律儀な職人さんにもなれますよね」

「なれるな。久慈屋の本家に三年再修業に出されたことが、あれこれとただ今の国三さんに生きておるわ。こたびの研ぎもな」

駿太郎が櫓を漕ぎながら無言で首肯した。

蛙丸は楓川の北の端に架かる海賊橋を潜って日本橋川に出た。丹後田辺藩牧野家の江戸藩邸を回り込むと鎧《よろい》ノ渡しの乗合船が南茅場町に向かって蛙丸とすれ違おうとした。

「赤目様よ、久慈屋の仕事は終わりましたかえ」

と乗合船から声がかかった。

父子が見ると難波橋《なにわばし》の秀次《ひでじ》親分だ。その傍らには南町奉行所の定町廻り同心近藤精兵衛の姿もあった。

「父上、鎧ノ渡し場に着けますか」

「おお、最前の文の件を伝えておこうか」

と小籐次が応じて駿太郎が蛙丸の向きを変えた。

「おーい、酔いどれ様の倅さんよ、元服したかえ、月代が初々しいな」

と乗合船の船頭が言った。

「ようやく月代に慣れたところですよ」

「おまえさんは背丈もあれば、腕も親父様譲りだ。なかなかの若武者ぶりだぜ」

「ありがとう」

と駿太郎が答えてほぼ同時に乗合船と蛙丸が鎧ノ渡し場に着いた。

乗合船を下りた近藤同心と秀次親分が蛙丸に近寄ってきたが中間《ちゅうげん》や子分は先に南茅場町の大番屋に向かわされた。

「なんぞございましたか」

近藤同心が駿太郎に尋ね、

「はい、道場の帰り、北町与力の岩代壮吾さんに蔵宿師なる者の所業を聞かされました」

と壮吾との問答を思い出しながら告げた。

「ほうほう、蔵宿師ですか」

近藤同心が関心を示して秀次親分と一緒に蛙丸に乗り込んできた。

「ところがその蔵宿師菅原民部なる者から書状がわしに届いたのよ。それも文遣いは読売屋の空蔵さんだ」

と小籐次が話に加わった。

「えっ、どういうことです。菅原民部と読売屋の空蔵は知り合いですかえ」

と秀次親分が口を挟んだ。

「そうではないわ」

と前置きした小籐次が蔵宿師からの書状の一件を告げた。

「なんとあやつ天下の赤目小籐次様にちょっかいを出しましたか」

と近藤同心が呆れて、

「ほら蔵が遣いね。それで明日は大稼ぎをしようという話ですかえ。菅原民部め、いささか調子に乗っていませんかえ。酔いどれ様親子の怖さをしらねえな」

と秀次親分が吐き捨てた。

「ともかくわしはあのような書状を受け取る曰くはないでな、あの文をどうしようと空蔵さんの勝手と読売屋に預けてきたところよ。どうせ、読売屋を文遣いに使うのは、読売に書いてもらう心算であろうが。わしの知ったことか」

「ううーん」

と近藤同心が考え込んだ。

「なんぞ不都合かな」

「いえ、赤目様になんら差し障りはございませんや。菅原民部は文のなかで一体全体なにを言うてきたんでございますか」

「文は空蔵さんに預けたで、明日の読売に載っていよう。四文の価値もなき話よ」

「明日のほら蔵の読売ね」

と秀次親分が首をひねり、

「旦那、空蔵は昨日今日の読売屋じゃないや。赤目様に会ったあと、菅原民部の住まいがどこだか捜しだして乗り込んでますぜ。それで、赤目様は『放っておけ』と言われましたが、おまえさんのほうにこの『放っておけ』についてなにか言うことはありませんか、と問い質すくらいのことはしますぜ」

「なに、空蔵さんは菅原民部に会うか」

と小籐次は首を捻った。

「ほら蔵と自称してはいますが、話のウラは一応とってますって」

「ほうほう、そこまでは考えもしなかったわ」

と小籐次が漏らし、

「近藤様、親分さん、新たな厄介が生じますか」

と駿太郎が口を挟んだ。

「蔵宿師の考えや空蔵の魂胆などこちとら、十手持ちには想像もつきませんや」

「となると親分、放っておくしかあるまい、どうかな」

「さあて、わっしには先の話は」

「考えもつかぬな」

と近藤同心が秀次の言葉の先をとった。

「まあ、明日の読売の評判次第で蔵宿師の野郎、赤目様に向けて新たになんぞ仕掛けてきますぜ。蔵宿師ってのは、虚名が上がれば上がるほど稼ぎになると、ほくそ笑む連中でしてね」

と秀次親分が言った。

しばし考えた小籐次が、

「近藤どの、親分、明日のことは明日考えようではないか」
と言い、駿太郎に蛙丸を出すように命じた。

この宵、小籐次と駿太郎は国三が研ぎの修業を始めたことはおりょうに話したが、蔵宿師菅原民部から届いた書状の話は告げなかった。父子で話しあったわけではないが、おりょうが喜ぶ話ではないと承知していたからだ。

翌朝、駿太郎の漕ぐ研ぎ舟蛙丸に乗った小籐次は、アサリ河岸の桃井道場の前の船着場で櫓を駿太郎から受け取って久慈屋に先行した。

駿太郎は最初に同心の木津勇太郎《きづゆうたろう》と打合い稽古をした。勇太郎はこのところ熱心に朝稽古を続けているせいで技量を上げていたが、駿太郎と比べると修羅場を経験したことが少なく、その分一歩を踏み込めないでいた。

だが、駿太郎は一見互角の戦いをしているように打合い稽古を四半刻続けて、勇太郎からの、

「本日はこれまでにしようか」

との言葉に、

「ご指導ありがとうございました」

と応じて年少組のところに戻った。

「おい、駿ちゃんさ、勇太郎さんに手加減しているな。あいつなんぞに駿ちゃんが指導されるわけもないや」

「祥次郎さん、世間では剣術の腕前だけで事が決まるわけではないのです。祥次郎さんがそれがしの兄弟子であることは死ぬまで変わりませんよね」

「おう、そのとおりよ。それで赤目駿太郎平次は、岩代祥次郎を崇《あが》めておるか」

と質した。それを聞いていた園村嘉一《そのむらかいち》が、

「呆れた、祥次郎のどこを崇めろというのだ」

と言い放った。

「おれは桃井道場の兄弟子だからさ」

「その他に赤目駿太郎さんに勝る点はございませんか」

と新入りの猪谷俊介が問うた。

「なにっ、俊介め、口出ししおるか。いいか、この祥次郎は物ごころついた折より、道場に長い歳月遊びに来ていたゆえ、駿太郎やおまえと違い、あれこれと物を知っておるわ」

「ほう、祥次郎さんは幼きころより道場に顔出しされておられましたか。となると祥次郎さんの道場付き合いは長いですね、で、どのようなことをご存じです」

「どのようなことってあれこれ多すぎて思い付かぬ」

「あれこれ承知ゆえ決めきれないのではなかろう、ようはなにも知らぬのだ。一つふたつ考えが頭にあっても兄者の岩代壮吾さんに竹刀でこつんと叩かれて、考えが飛んで消えてしまう。違うか」

と清水由之助が言った。

「くそっ、俊介め、余計なことをぬかしおって、由之助さんまであちら側に回ったぞ。いいか、この岩代祥次郎の才たるや」

と叫びかけたとき、壮吾が祥次郎の背後から近寄り、竹刀で、こつん、と叩いた。

「飛んだとんだ、なんぞおぼろにうろ覚えしていた考えが飛んだぞ」

と吉水《よしみず》吉三郎《きちさぶろう》に言われた祥次郎が愕然として、

「兄者がおるならおると教えてくれる者はおらんのか」

「おらんおらん」

と同い年の吉三郎と嘉一が言った。

壮吾は弟のことにはもはや構わず、

「駿太郎、ちょっとこい」

「稽古ですか」

「御用である」

　と駿太郎は道場の外に連れ出された。

「北町奉行所に蔵宿師の菅原民部から書状が参り、大身旗本らが札差から蔵米の代金の支払いを拒否されたゆえ、菅原が間に入り、札差より金子を受け取るつもりであるとの内容らしい。分かるか、駿太郎」

「なんとなくですが分かりました。ですが、その者とそれがしは関わりなどありません。なぜそれがしにわざわざ話されます」

「そこだ」

　と応じた岩代壮吾がしばし沈黙し、

「菅原民部が申すには、この一件、赤目小籐次・駿太郎父子にも書状で知らせてあるうんぬんとあるが、どういうことだ」

「それはいささか話が違います。確かに読売屋の空蔵さんを通して父に宛てた書状が届きました。父はその書状を読んで、『放っておけ』と文を空蔵さんに渡し、好きなようにせよと申されました、それだけですよ」

「赤目様が蔵宿師の文など一顧だにせず、『放っておけ』と言われたか。その後、菅原民部なる者からも札差からもなにも言ってこぬか」

　昨日の今日だ。話が駿太郎の知らぬところで進展するわけもなかろうと思い、首を縦に振った。

「空蔵さんは蔵宿師の某に父の言葉を伝え、そのうえで読売に書くかもしれません。本日にもその読売が売り出されるのではありませぬか」

「旗本の名や札差の名も読売に載せるというか」

「壮吾さん、われら父子、蔵宿師や札差などと面識がございません。いきなり妙な文をもらったと父は、大変不快に思っていることだけは確かです。また空蔵さんがどのような読売を書くのか、父は一向に承知していません」

　岩代壮吾はしばし沈思していたが、

「菅原民部はなんとしても赤目小籐次・駿太郎親子をこの一件に絡ませようと、北町に文を送りつけてきおったか」

　と自問自答した。

「壮吾さん、空蔵さんの読売が売り出されるのを待って北町の対応をお考えになってはどうですか」

「菅原民部め、次の一手をなんぞ考えておるはずだがな。旗本の苦衷《くちゅう》は公儀の無為無策の末であろう、それを手助けしておるのはわれら蔵宿師、老中支配下の町奉行所は動けぬであろう、と高を括っておるのだ」

「さようなことは、それがしにはよう分かりません」

とふたりの問答はいつまでも嚙み合わぬまま繰り返された。そして、

「空蔵の読売が売り出されるのを待つしか手はないか」

と言った壮吾が、北町奉行所に戻ると言い残して去っていった。

駿太郎も稽古に戻る気持ちが失せて、師匠の桃井春蔵と年少組に、

「本日は少し早めに稽古をあがります」

と断わって久慈屋に行くことにした。すると祥次郎が駿太郎を追いかけてきて、

「駿ちゃん、兄者から北町の御用を願われたか。赤目親子は南町と親しいよな。北町と格別な関わりがあるわけじゃなし、嫌なことは嫌だと断ったほうがいいぞ」

と珍しくまともな考えを述べた。

「われら父子、この一件には一切関わっていません。久慈屋の研ぎ場に行って仕事をします」

と応じた駿太郎は早々に桃井道場を出て、三十間堀の河岸道を久慈屋に向かった。

その瞬間、なんとなく何者かに見張られている気配を感じた。

日中のことだ。駿太郎はそんな監視の眼など無視して久慈屋に急ぎ足で向かった。すると父と国三がすでに研ぎ場に座って仕事をしていた。

「遅くなりました」

という駿太郎を小籐次がちらりと見たがなにも応じなかった。が、国三は駿太郎に会釈をした。

駿太郎はこの界隈の小店や長屋のおかみさんの普段使いの包丁を研ぎ始めた。

一方、国三は小籐次から命じられたか、久慈屋が仕事で使う刃物の下地研ぎをしていた。

三人は無言でせっせと仕事をした。

ふいに往来がざわついた。

読売屋の空蔵と若い衆のふたりが芝口橋に姿を見せ、若い衆が久慈屋に小走りにやってきて、

「大番頭さん、いつもの台をお貸しくださいと、空蔵がいうております」

と帳場格子に願った。

いつもは空蔵に台を用意してやる国三は、ひたすらせっせと研ぎ仕事に没頭していた。

「小僧さん、土間の隅にある台を貸しておやり」

と観右衛門が命じた。

空蔵は小籐次に挨拶にいくかどうか迷ったようだが、下働きの若い衆が抱えてきた台の上に立ち、ちらりと久慈屋の店先の三人を見て会釈した。

だが、三人は、空蔵の行動など一顧だにしなかった。

致し方なく空蔵は芝口橋を往来する人々に視線を移し、

「本日の一番ネタは、おめえさん方に関わりなき話だ。とはいえ、お馴染みの赤目小籐次様も登場する読売であるぞ」

と前置きし、いつも手にしている使い込んだ竹棒を久慈屋の店先に回して、

「この話、赤目小籐次様からこの読売屋の空蔵に好きなように書いてよし、とお許しを得た話だ。どうでえ、ご隠居、関心はあるかえ」

と暇を持て余して芝口橋に出てきた顔見知りの隠居に問うた。

「話を聞きもしないで関心があるかどうかなんてわかるか、ほら蔵」

「お言葉、もっともだ。となるといいかえ、芝口橋をお通りのどなた様もちくと耳をかっぽじって聞いてくんな。おめえさんらに関わりあるまいが蔵宿師の話だ」

「なんだ、くらやどしって」

と最前の隠居が聞いた。

空蔵が蔵宿師の説明を長々と始めた。

「待った、ほら蔵。旗本の借財だと、浅草蔵前の札差が金子を旗本に貸さないだと。そんな話に妙ちきりんな、蔵宿師が間に入り、札差から金子を出させて、分け前をとったうえで旗本に渡すだと、どこに赤目小籐次様が登場してくるんだ」

と大工の棟梁風の男衆《おとこし》が空蔵に言うと別の職人も、

「おお、棟梁、よう言うた。ほら蔵め、近ごろ酔いどれ小籐次様と駿太郎さんを絡ませて読売を売ることばかり考えてやがる。赤目様なんぞどこにも出てこねえじゃねえか」

と加勢した。

「ちょ、ちょっと待ってくんな。おまえさん方がよ、蔵宿師が何者か知らねえというから、蔵宿師の説明をしたんじゃないか。読売には赤目小籐次様のお言葉もちゃんと出てくるんだよ」

「なに、酔いどれ様のお言葉ってなんだよ」

とこんどは馬に荷を積んだ馬方が口を挟んだ。

「読売を買ってくんな、馬方さんよ」

「おりゃ、字は読めねえし書けねえ」

「じゃあ、読売屋の客じゃねえな」

「ぬかしたな。読売がおもしろきゃあ、親方に買っていこうと考えてんだぞ。それを客じゃねえだと」

と馬方が袖を捲《まく》って太い二の腕を出したとき、

「ああ、荷馬がくそをしやがったぞ」

と別の客が叫んだ。

「おお、馬がくそをするのが珍しいか、おめえ、くそはしねえか」

と騒ぎが大きくなった。

「ほら蔵さんよ、最前の赤目様のお言葉を聞こうじゃありませんか。それ次第で読売を何枚か買ってもようございますよ」

と最初に空蔵に口を利いた隠居が質した。

「あれな、この話はよ、おれが蔵宿師の文遣いをしてな、赤目様に文を渡したところ、一読した酔いどれ様が、『放っておけ』と一言申されたんだよ」

「なに、蔵宿師なんぞに関わりたくない、『放っておけ』と申されたか。さすがに酔いどれ小籐次様じゃねえか。そんな読売をこの芝口橋で売ろうという魂胆《こんたん》か。ほら蔵って異名なら、もう少し面白いほらを読売に書きねえ」

と大工の棟梁風の男がいい、さあっと空蔵の前に集まっていた弥次馬が散っていった。

するとを荷馬がなした糞《ふん》を塵《ちり》取りと竹箒《たけぼうき》で黙々と国三が掃除していた。

二

「すまねえ、番頭さんよ」

と憮然《ぶぜん》として橋の上に立っていた空蔵が国三に詫びた。

「勝手が違いましたか」

と国三が笑った。

「おれもさ、蔵宿師なんて詐欺師なのか口利き屋なのかヌエみたいな野郎の話ゆえ、一抹の不安はあったんだがよ、赤目小籐次の名を出せば客を騙《だま》せると思ったんだがな、ダメだったな」

しばし沈黙した国三が、

「空蔵さん、天下の武人の赤目小籐次様と駿太郎さん親子を安売りするように読売で書かれるのはどうかと思いますよ。赤目様方とはもう少し大事にお付き合いなさることです」

橋の上で久慈屋の新米番頭にがつんと言われた空蔵が、

「全くだ、心得違いをしたかねえ。おりゃ、赤目様に合わせる顔がねえや、すまねえが何枚か読売を渡してくれないか」

と一枚も売れなかった読売から二枚を抜いて渡した。そして、ぺこりと久慈屋の店先に頭を下げると店に戻っていった。

それを見送った国三が馬の糞を掃き入れた塵取りと竹箒と読売を持ち、久慈屋に戻り、

「師匠、中座して相済みませぬ」

と詫びた。

「一枚も売れなかったようだな」

「はい。客はよう承知です。なんでも赤目様の名を出せば売れると空蔵さんは勘違いをされたようです」

　というと一枚を小籐次に渡し、

「馬の糞を始末して手を洗って参ります」

　と言って、帳場格子にも残り一枚の読売を差し出した。

「空蔵さんとしたことが、世間を甘く見ましたな」

「空蔵さんもこたびの一件は、一抹の不安があったそうです」

「そのような折は商いをしてはなりません」

　と観右衛門が言い切った。

　小籐次と観右衛門のふたりが空蔵の書いた読売を読んだのは、昼餉の刻限だ。

　しばし無言だったふたりだったが、観右衛門が、

「今日は空蔵さんの口上が的を射てなかったのかも知れませんね。さりながら、空蔵さんはこの読売に蔵宿師なんて妙ちきりんな闇の仲立ち人を、それも公儀を後ろ盾にする旗本の味方の如く傲慢に振る舞う様子をしっかりと書き込んでいます。こいつは、意外に展開があるかもしれませんな」

　と先に口を開き、

「とは申せ、読売は一枚も売れなかった」

と単に事実を告げた。

赤目小籐次が登場する読売を空蔵が最初に売り出して客の反応を直に見るのは芝口橋だった。他の読売屋が日本橋の高札場のある南詰か、魚河岸や越後屋があって繁華な北詰でやるのとは違ったやり方をしていた。そして、芝口橋で受けなかったとき、あっさりと読売を処分するのを小籐次は知っていた。つまり世に出た読売は、いまのところこの二枚だけだ。

「旗本の味方面している蔵宿師ですよ、空蔵がどのように自分のことを書いたか、客がなぜ読売を買わなかったか、どのような手を使っても、空蔵の読売を手に入れて読みましょうな」

と観右衛門が言い切った。

しばし間を置いた小籐次が、

「とは申せ、もはやわしらが関わりをもつことはあるまい」

と考えを述べたが観右衛門はそれに答えなかった。

昼餉のあと、三人の研ぎ師は黙々と働いた。

仕事終わりが近づいた七つ(午後四時)の頃合い、小籐次が、

「国三さんや、明日一日働いたら、明後日から川向こうの蛤町裏河岸に移って仕事をすることになりそうだ。このところ無沙汰しているで三、四日は通うことになるやもしれぬ」

「私も従ってようございますか」

「むろんその心算じゃが、念のために大番頭さんにわれらといっしょに川向こうに行ってよいかどうかお断りなされ」

「はい、そう致します」

と答えた国三が、

「私には馴染みのない土地です、楽しみです」

と続け、

「国三さんや、あれこれと経験するのは後々のためによかろう。きっと昌右衛門どのも大番頭さんもそう考えておられよう」

と小籐次が応じた。

「父上、帰りに新兵衛《しんべえ》さんの様子を見て参りませんか」

と駿太郎がいい、

「おお、そうじゃな。気候がよくなったで、研ぎ仕事ができておるとよいがな」

との小籐次の答えに、国三と駿太郎のふたりが後片付けを急いでなした。

小籐次が帳場格子にいとまの挨拶に行くと、

「森藩の参勤下番は予定どおりの出立でしょうかな」

と観右衛門が問うた。

「わしは下屋敷の厩番、参勤交代の仕来《しきた》りなど全く知らぬ。藩を辞して十何年後に初めて同行を命じられた身、まあ予定が変わるようなれば知らせが入るのではあるまいか」

「森藩の江戸屋敷は元札ノ辻ゆえ、赤目様父子の加わった行列はこの芝口橋は通りませんな」

と昌右衛門がいささか残念そうに言った。

「旦那どの、われら親子、行列に加われる身分ではござらぬ。駿太郎とふたり東海道は別行動をする心づもりでござる」

「ほう、参勤交代の行列とは分かれての森藩行ですか」

「殿様のご懸念は国許にあるとみた。道中は駿太郎とわしが森藩の中間の真似をすることもあるまい」

「まあ、事情を知らぬ藩士方が赤目様親子の同行を訝《いぶか》しまれましょうな」

「じゃから、海路は致し方ないが東海道は別行動いたそうと思う。それでな」

と前置きした小籐次が帳場格子の主従に、

「三河国におる三枝薫子姫と子次郎に会っていこうと思いましてな」

「おお、それは姫様も喜ばれましょう。元祖鼠小僧の子次郎さんがあちらに残っておるとよいのですがな」

と観右衛門が小声で言った。

「すでにおりょうが文を書きましたで、おそらく子次郎も待っていてくれるのではないかと思うがのう」

「なんぞ江戸土産を考えぬといけませんな」

と昌右衛門が思案顔で言った。

「おりょうがなんぞ考えてくれましょう」

と小籐次が言ったところに、

「父上、新兵衛長屋に参りますよ」

すでに研ぎ場の後片付けを終えた駿太郎から声がかかった。

新兵衛はもはや「研ぎ仕事」を終えたか、夕餉の仕度をなす長屋の女連に囲まれて、独り意味不明な歌らしきものを口ずさんでいた。

小籐次は、

(新兵衛さんが正気を失って長い歳月が過ぎたな)

と思った。そして、

(わしの晩年はどのようなものかな)

と考えた。

「おお、来たか。新兵衛さんは気候がよくなってよ、少しばかり元気を取り戻したぜ」

と勝五郎《かつごろう》が言った。

「そのようだな」

小籐次は、蛙丸の船べりに足をかけて新兵衛長屋の裏庭に上がった。先代の研ぎ舟よりひと回り大きく、船べりも高くしっかりとしているので、背丈の低い小籐次にも堀留の石垣の上り下りが楽になった。

「駿太郎さん、赤目様」

とひと足先に工房、錺師《かざりし》芝口屋《しばぐちや》桂三郎《けいざぶろう》から新兵衛の世話に戻ったお夕《ゆう》が長屋の木戸口から飛んできた。

「仕事は忙しいの、お夕姉ちゃん」

　と駿太郎が案じると、

「それが大変なの」

「仕事がこないんだ」

「違うの、半年先まで師匠と私が必死に働いても終わりそうにないくらい注文を頂戴しているの」

「おお、大繁盛か、なによりなにより」

　と小籐次が駿太郎に代わり応じた。

「おい、この長屋からよ、次々に出ていきやがって出世しやがる。なんでおれのところだけ貧乏なんだ」

　読売の版木職人の勝五郎が文句を言った。すると青物の棒手振《ぼてふ》りの吾助《ごすけ》が、

「おれとこだって久平のとこだっておめえんちとおっつかっつの貧乏だぞ。この長屋から出世したってだれのことだよ」

「吾助さんよ、桂三郎さんは錺師芝口屋の主だぞ、半年先まで仕事が立て込んでいるってよ。版木一枚彫っても大した銭にならないが桂三郎さんの錺物は一つが何両何十両もするんだろ。大出世じゃないか」

お夕の言葉を聞いたか、勝五郎がぼやいた。

「ほかに出世したってだれだよ」

「目の前にいるじゃねえか、望外川荘におりょう様とお住いの赤目小籐次様よ。つい最近まで鼾《いびき》が聞こえるおれんちの隣の九尺二間に住んでいたのが、広い敷地の別邸の主だとよ。これを出世といわんでなんと呼ぶよ」

「別邸があるということは本宅があるということだな。おめえんちの隣の九尺二間が本宅か。それに久慈屋の店先でしこしこと研ぎ仕事を親子でしているのを出世というのか」

「そこだ、辻褄が合わねえやな」

と乾物屋の通い職人の金造が吾助に同意した。

「よし、おめえも分限者のひとりに加えてやろう」

「鰹節《かつぶし》けずりのおれが分限者か」

「おうさ、名が金造じゃねえか」

「ありゃ、親が妙な名をつけるからよ、生涯金とは縁がねえよ」

「ということはこの長屋の出世頭は、やっぱり酔いどれ小籐次こと赤目小籐次様と、鎊職芝口屋桂三郎様で決まりだな」

と勝五郎が言い切った。

「厠《かわや》がよい、それがしの名を呼び捨てにしおったな。そこへなおれ、それがしが次直《つぐなお》で叩ききってくれん」

と新兵衛がいつの間にか歌をやめて話を聞いていたとみえて、木刀を引き寄せた。

慌てたお夕が、

「じいちゃん」

と言いかけ、

「赤目小籐次様、奥座敷に夕餉の仕度ができております。ささっ、こちらへ」

と言い直して木戸外の家に連れ戻ろうとした。

「ならぬ、雪隠《せっちん》がよいを叩ききってくれん」

駿太郎も、木刀を振り回そうとする新兵衛の腕をそっととり、

「赤目様、上様との会食にございます」

「なに、本日はわが屋敷に上様がお成りか」

お夕とふたりで新兵衛を差配の家に連れ戻した。

「見ろ、酔いどれ小籐次の異名を新兵衛さんに乗っ取られたじゃないか。次は望

外川荘の主になるぞ」

　勝五郎が小籐次をからかった。

「致し方あるまい、呆けた新兵衛さんの言葉にあれこれいうてもな。勝五郎さんや、そなたも新兵衛さんに厠がよいだの雪隠がよいだのと、異名で呼ばれておるではないか。わしはそっくり本名と異名を乗っ取られたのじゃぞ」

「次は望外川荘とおりょう様だな、老いと呆けにはだれも勝てねえやな」

　と諦め口調でくり返す勝五郎に、

「おまえさん、夕べの一件を赤目様に言わなくてもいいのかえ」

　と女房のおきみが言った。

「夕べの一件ってなんだ」

「おまえさんも新兵衛さんといっしょだよ、ボケの勝五郎だよ。そんなこっちゃ、仕事がこなくなるよ」

　とおきみに言われた勝五郎が、

「おお、思い出した」

　と小籐次を見た。

「壁越しに人の気配がするんでよ、おれが壁を叩いて、『酔いどれ様、今晩はこちらにお泊りで』と怒鳴ったと思いねえ。すると気配が消えた。おりゃ、おかしい、分限者がいるはずもねえ新兵衛長屋に間違って盗人《ぬすっと》が入りやがったかと思ったんだ。下駄を突っかけて行灯《あんどん》を手によ、腰高障子を開くとなんともでかい大男がおれを睨んでやがったのよ」

「お、おまえは、だ、だれだ」

と震え声で勝五郎が質した。

「赤目小籐次」

「ばかをいうな。赤目小籐次は相撲取りのようにでかくねえよ」

「分かっておる。それがしは、赤目小籐次、は留守かと聞こうとしたんだ」

大男はえらく甲高く細い声で言った。

「酔いどれの旦那は須崎村に立派な別邸を構えているよ。池があってよ、その水辺に茶室もある望外川荘よ。おめえ、それも知らないで長屋に勝手に入り、赤目小籐次の仕事場に上がり込んだか。泥棒しようたって、こっちには夜具くらいしかないぞ」

「それがしを盗人呼ばわりするか」

「おお、他人の長屋に上がり込んでいるじゃないか。ああ、てめえ、草履《ぞうり》履きで部屋に上がったな」

新兵衛長屋の連中が騒ぎに気付いた気配に勝五郎は強気になって、攻め立てた。

「うちに出入りの御用聞きの親分を呼ぶぞ。町奉行所の役人だって親しく出入りしているぞ」

「久慈屋の長屋であったな」

と相手が先に言った。

「それまで知っていてなぜ部屋に入った。やっぱり、役人を呼ぼう。おきみ、だれかを走らせて難波橋の親分と近藤の旦那を呼びな」

と壁越しに隣で聞き耳を立てているおきみに叫んだ。

「止めておけ。それがしは老中支配下の不浄役人など怖くはないでな。却って久慈屋に迷惑がかかろうぞ」

おきみが迷った気配が伝わってきた。

「てめえは、だれだ」

大男が平然と勝五郎が立つ土間に歩み寄ってきた。

勝五郎は、反りの強い刀を腰に差した相手に気圧《けお》されて敷居に躓《つまず》きながらどぶ板の上に出た。長屋の面々が薄く開けた障子からこの様子を見ていた。

どこにあったか、筆記具諸々が入った布袋を提げた大男が腰を屈めて後ろ手で腰高障子を閉め、

「よいか、おまえを始め、長屋の連中が赤目小籐次より先に入ると、厄介なことになるぞ。次に戸を開けるのは赤目小籐次じゃ」

とまるで野鳥のような甲高い声で命ずると、すたすた、と大股で堀留に向かい、水面にぽんと飛んだ。大男は舟で新兵衛長屋にきたようで、小者の船頭が無言で石垣をついて小舟を出した。小舟と思えたのはそれなりの猪牙舟《ちょき》だが、大男が立っているとまるで玩具の舟のように見えた。

「酔いどれ様よ、そんな相撲取りみたいにでかい男で、奇妙に甲高い声の主に覚えがあるか」

「ないな。部屋を見てみようか」

「おれたちさ、怖くてよ、長屋の戸はだれも開けてないぜ」

と金造が言った。

「なにかあってもいかぬゆえ、そのほうが利口であったな」

小籐次が自分の部屋の前に立ったとき、駿太郎が差配の家から戻ってきた。

「駿太郎、勝五郎さんのうちから火を借りてきてくれぬか。事情はあとで話す」

表は明るかったが、締め切った長屋の奥は灯りがいると思ったのだ。

「おお、おれが行灯を持ってくるよ」

と言った勝五郎が隣の部屋に飛び込んで、火をつけた有明行灯を手にしてきた。

駿太郎が勝五郎から有明行灯を受け取り、小籐次が静かに腰高障子を開けて、土間に入ると、有明行灯が板の間を照らした。すると土足の痕《あと》が残っていた。なんともでかい草履の痕だった。

小籐次が草履を脱いで板の間から奥の四畳半に入った。

有明行灯の細い灯りが部屋の奥の壁に貼られた一畳はあろうかという白布を浮かび上がらせると、

「赤目小籐次殿
蔵宿師菅原民部
参上仕《つかまつ》り候」

と大書してあった。

「うーむ」

と唸る小籐次に勝五郎が、

「知り合いか」

「この字が読めぬか、勝五郎さんや」

「おりゃさ、裏字じゃねえと読めないんだよ。版木職人だもの。なにを感心しているんだよ」

「なかなかの文字じゃ、元厩番のわしには到底かような文字は書けぬわ」

「なに、こやつの字を褒めてんのか」

と勝五郎は呆れた。

駿太郎も有明行灯の灯りでとくと見た。自信たっぷりな文字のなかに邪心のある嫌な書き方だと思った。母のおりょうがいつも、

「字は人柄を表します。上手下手より人柄の滲み出たわが君の文字が好きです」

と評するのを思い出した。

「どうするよ」

「勝五郎さん、このままにしてな、明日にも難波橋の秀次親分に見てもらおう」

と小籐次がいうと堀留に止めた蛙丸に向かった。

三

駿太郎は久しぶりに内海に出て、大川河口に向かった。

佃島行きの暮れ六つに出る最後の乗合船が蛙丸のだいぶ先を横切っていた。

「駿太郎さんよ、もはや蛙丸はおめえと一心同体だな。爺様は居眠りか」

乗合船の主船頭が潮騒にも通る大声をかけてきた。船には島の外で働く男衆や女衆《おんなし》の他に仔犬が二匹、舳先に職人風の男衆の腕に抱かれて乗っていた。

佃島の漁師の家は、長男が家と職を継ぐことが習わしだった。次男三男は江戸で通い職人などをして、婿になって所帯を持つ折に島の外に出ることが多かった。

「父上は考えごとをしています」

「なに、酔いどれ様は今宵の酒のことを考えておいでか。晩酌は一升か二升か」

腕組みして一見思案の体の小籐次が、

「船頭さんよ、晩酌の酒はおりょうとふたりでせいぜい一合五勺よ。もはや外道の如き大酒は飲めんな」

と答えると、

「おお、潮風を突き切ってよく通る声音じゃな。まだまだ酔いどれ小籐次様には江戸が面白くなるように派手な斬り合いでよ、悪たれを片付けてもらわんとな。大きな声じゃいえねえが、お上は頼りにならないからよ」

と船頭が叫び返した。

蛙丸の前を乗合船が佃島に向かい、蛙丸と数間の波間ですれ違った。

「さあて、年寄りがしゃしゃり出る場があるかどうか」

「あるある、酔いどれ様の出番はいくらもあるぞ」

犬を二匹連れた男衆が言った。

「その仔犬、どうされました」

駿太郎が舳先の男衆に聞いた。

「湊稲荷社《みなといなり》の境内に捨てられていた犬よ。うちの老犬がひと月前に死んだでな、代わりと思って連れて帰るのよ」

「仔犬を拾ってくれてありがとう」

と駿太郎が大声で応じて、

「おお、島ならば安穏な暮らしができるからよ、駿太郎さんよ、安心しな」

二艘《そう》はすれ違ってすでに乗合船は蛙丸の後ろにいた。

「うちにも二匹犬がいるんです。近いうちにクロスケとシロを連れていっていいですか」

「おお、待ってるぜ、おれは武州丸の照助《しょうすけ》だ。島じゃあ、てれ助と呼ばれていらあ。そうだ、おれの名より赤目様親子が島に来る前に仔犬の名を考えなきゃあな」

「仔犬は牡ですか牝ですか」

駿太郎が乗合船の方向に舳先を向けて近寄り、質した。

「二匹とも牝よ」

「てれ助は女にはもてねえからな、まあ、仔犬どまりだ」

傍らに座す仲間が言った。

「うるせえ、唐変木の嘉次郎が」

と仲間同士で言い合った。

「武州丸の照助、ふねとなみではどうだ」

と小籐次が思い付きを口にした。

「なに、酔いどれ様が名付け親か。佃島のフネとナミな、悪くねえ。名が決まったぜ」

と叫び返す照助の乗る船から蛙丸が離れて大川河口に向かった。

「父上、本日、最後に嬉しい話を聞きました」

河口を乗り切った駿太郎が言った。

「湊稲荷神社は八丁堀が内海に流れこむ鉄砲洲本湊町界隈だな、だれが捨てたか。佃島に暮らすとなれば照助のいうとおり安穏に過ごせよう」

「クロスケとシロを連れていくのが楽しみです」

と言った駿太郎が、

「父上、菅原民部なる蔵宿師、なにを考えておるのでしょう」

と話柄を変えた。

「得体の知れぬ蔵宿師の言葉など分かるものか。わしの付き合いたくない輩のひとりであることは間違いないわ」

「父上は、『放っておけ』と空蔵さんに申されましたが、あれは真意ですか」

「真《まこと》の気持ちかと尋ねおるか、そのとおりよ」

との小籐次の言葉に駿太郎がしばらく黙り込んで櫓を漕ぎ続けていたが、

「ひょっとしたら、菅原民部、すでに用件は済んだのではありませんか」

「どういうことか、駿太郎」

「蔵宿師なる者は父上が登場するのが一番厄介と考えておるのではありませんか。だから、放っておかれることがあの者にとってなによりとは思いませぬか。しかしながら文を寄越したり、新兵衛長屋の部屋に『赤目小籐次殿　蔵宿師菅原民部参上仕り候』と大書して己のことを誇示しようとした。かようなことは父上がいちばん嫌がることですよね」

「ほう、考えたな」

と応じた小籐次はしばし沈思していたが、

「わしのさような性分を承知であれこれと小細工をしおったか。悪たれの真意がどこにあるか、考えたくもないがな」

「思い付きです」

「まあ、差し当たって放っておくのが一番の手よ」

と小籐次が応じて、胴ノ間から立ち上がり駿太郎の櫓に手をかけて親子で大川を遡上していった。

だが、放ってはおけなかった。

望外川荘に客がいた。老中青山忠裕の密偵中田新八とおしんだ。

話がありそうなふたりの顔に、

「駿太郎、先に湯に入っておれ。話が長くなるようなれば先に夕餉を食してもかまわん」

と命じてふたりと対面した。

「かようなことで赤目様のお気持ちを煩わせたくはなかったのですが、申し訳ございません」

とおしんが詫びた。

「われらの間柄だ。まず話を聞かせてくれぬか。できぬことはできぬと申すでな」

「はい」

と返事をしたおしんが、

「蔵宿師菅原民部が、殿に書状を送りつけて参り、『旗本の内所が苦しいのは札差らの横暴なる商いに原因がある。かような蔵前者のなかには当世十八大通とか称して男伊達《おとこだて》の衣装に髷《まげ》の形《なり》で、金に飽かして吉原の廓《くるわ》などを借り切って派手な遊びをしている札差もおる。さらに札差は貯め込んだ莫大な金子を高利にて商人らに貸し付けて大金を儲け、馬鹿げた遊びにうつつを抜かしておるそうな。

一方、蔵米取の旗本衆は、百余株の札差に何年も先まで蔵米を抑えられて、身動きつかず、祝儀不祝儀もまともに催せぬ為体《ていたらく》、これは偏《ひとえ》に公儀の重臣方の無為無策ゆえなり。

また老中青山様に於かれては、当世十八大通どもの横暴を見逃しておられる、そこで不肖蔵宿師菅原民部、幕臣衆の苦衷を察して借財を帳消しにする棄捐令の発布を願う。棄捐令に前例ありしは老中方なればとくと承知のはず』と寛政元年（一七八九）の松平定信《まつだいらさだのぶ》様の棄捐令に触れておるそうな」

とおしんが一気に書状の内容を告げ、

「赤目様は松平定信様の棄捐令はご存じでございましょうか」

と新八が尋ねた。

「新八さんや、わしは一介の研ぎ屋じゃぞ。政《まつりごと》には疎いのはそなたら承知であろう。とはいえ、横暴な老中田沼意次《たぬまおきつぐ》・若年寄意知《おきとも》親子のあとをうけて期待された老中松平定信様の棄捐令はわが森藩の下屋敷でも話の種になったことをおぼろに覚えておる」

と小籐次は答えていた。

その折り小籐次は十七歳か十八歳で、父親の眼を盗んで遊びたいさかりだった。棄捐令を喜んだのは直参旗本・御家人衆ばかりで、大名である森藩にはなんら変化はなかった。

「で、蔵宿師は老中青山様に棄捐令を出せと申しておるのじゃな」

「はい。ですが、幕臣の大半に及ぶ借財は莫大なものでございましょう。それを札差に放棄せよと命じるなどただ今の公儀にさような力はない。幕臣の内所が松平様の時世と比べてもさらに一段と厳しいのはわかっておるが、富が百余株の札差衆に集まっておる今、横暴な棄捐令のごときは容易く出せるわけがない、とわが殿は考えておられます。すでに公儀の首根っこを札差や両替商六百余軒が抑えているのです。もし公儀が強引に棄捐令を出すとしたら、札差が一朝に失う金子は、百万両を優に超えるものと思えます」

「幕臣は百万両もの借財が消えてなくなり大喜びかのう」

小籐次は自問した。

新八とおしんはしばし小籐次に考える間を与えたが、小籐次からそれ以上の言葉は出てこなかった。

「もし棄捐令が公儀から出されたならば札差どもは『締貸《しめがし》』を致しましょうな。赤目様はこの締貸しなる言葉を聞いたことがございますか」

「ないな、なんのことやらさっぱり分からん」

「棄捐令が発布されたあと、札差は必ずや貸し渋りに出ます。となると江戸じゅうが上を下への大騒ぎになるのは必定です、赤目様」

「札差は締貸しなる切り返し策をもっておるか」

「十八大通は宝暦から天明期にかけての男伊達にございました。ただ今の文政の世では、当世十八大通なる札差の遊び人どもが吉原の大楼を借り切り、金子をばらまくように費消しております。蔵の中に千両箱を貯め込んだ札差どもの財は、幕府の金蔵の貯蔵金の何倍、どころか何十倍もあると想像されます」

もはや小籐次にはふたりの話がどこへ行くのか推測もつかず、

「うーむ、新八さん、おしんさんや、蔵宿師菅原民部の真意はどこにあるのかのう」

と尋ねることしかできなかった。

「赤目様に説明の要もございませんが、ただ今の老中のうちで先任老中はわが殿、青山下野守《しもつけのかみ》忠裕にございます。どなたとは申せませんが、蔵宿師菅原民部の力に頼って、先任老中を辞職させることを考えておられるのではないか、と殿は推量しておられます」

「おしんさん、老中青山様がお辞めになれば、富が偏ったただ今の世がよりよき方向に変わるのかのう」

「殿もまた蔵宿師菅原民部が求める棄捐令を出すことがただ今の幕臣の内所を良くするとは考えておられません。札差の切り返し策『締貸し』を恐れている老中や幕閣の方々ばかりです。右を見ても左を見ても有効な手の打ちようがないのが現状かと思えます。殿に代わってどなたが幕政を主導しようと同じ、いえ、それどころか最悪の事態を招くかと存じます」

「やはり棄捐令など借財に首が回らぬ旗本衆を一時《いっとき》喜ばせるだけか」

「はい。公儀にとってなによりも怖いのは『締貸し』により江戸じゅうに金子も品も回らぬことではございませんか。この『締貸し』が招く不景気は、早晩三百諸侯にも悪い影響を与えましょう」

　と新八が言った。

「蔵宿師菅原民部はどなた様かのためにまず老中青山様を辞職に至らせたいのであろうか」

「殿はそのようなことでこの偏った時世が変わるのであれば、いつでも辞してよい、というておられます」

　ふたりの説明をうけてしばし小籐次は沈思した。

おりょうが座敷に茶を運んできて、話が終わっておらぬと判断したか、静かに出ていこうとした。

「新八どの、おしんさん、今晩は望外川荘に泊まっていかれるか」

そのような暇があるかと小籐次がおりょうにも聞こえるように質した。

「いえ、殿はどんなに遅くともよい、老中屋敷に戻り、赤目小籐次の返答を知らせよとの厳しい命にございました」

おりょうも小籐次も、これまでのふたりの密偵の長口舌よりもおしんの一言で老中青山忠裕の、公儀の苦衷を理解した。

「おりょう、そういうことだ。そなたらは夕餉をとり、普段どおりに過ごしておれ」

との小籐次の言葉におりょうが頷いて出ていった。

三人は無言でおりょうの気遣いの茶を喫した。

「新八どの、おしんさん、わしに蔵宿師菅原民部が執拗《しつよう》に関わりを持とうとしておるのじゃが、どう考えるな」

と小籐次が空蔵の手を経させた菅原民部の短い書状や新兵衛長屋の部屋に残された派手派手しくも虚ろな書置きの一件をふたりに告げた。

「さようなことがございましたか」

と腹立たしげな表情になったおしんが受けて、

「殿と赤目様は親しゅうございます。ふたりの関わりは上様もご存じ。老中職の殿と赤目様はこれまでいくつもの難儀に当たってこられました。むろんこれらには公にならず始末されたものも多くございます。かようなことを蔵宿師菅原民部がどれほど承知か、私は、かの者がほとんど知っているとは思えません。ゆえに、お二方の親交がどの程度か、その辺りを推し測っているのではありませんか」

と言い放った。

「では、話を変えようか。蔵宿師菅原民部を雇っている者はそなたら、分かっておられような」

おしんはちらりと新八を見て、直ぐに小籐次に眼差しを戻して頷いた。

「どなたかというて、口にはできぬお方か」

と、小籐次がふたりの密偵に問うた。すると新八が、

「おしんさんが探り出してきた話にございますが」

と女密偵を見た。

「赤目様、念押しすることもございますまいが、旗本の背後にいて札差に掛け合

うのは蔵宿師でございます。当然、蔵宿師と札差は利害をめぐって対立する間柄でございます」

と小籐次に話の前提を改めて告げ、小籐次が頷いた。

「件《くだん》の蔵宿師菅原民部を雇っている旗本は、札差相手の強引な駆け引きをとくと承知の元御側衆陣内甲斐守道綱様にございます。このお方、さる大名家の次男にして旗本陣内家《じんないか》に婿入りした御仁《いのかみみちつな》です。陣内道綱様は、飲む打つ買うの三拍子揃った遊び好き、菅原民部とは博奕《ばくち》仲間にございます。

この道綱様が陣内家の代々の付き合いのある札差から、当世十八大通を気取る天王町組一番組の伊勢屋冶次郎兵衛に鞍替えしております、三年前のことです。

この伊勢屋もまた、世間にはしられぬようにしておりますが、菅原民部と陣内道綱の遊び仲間にございます。つまり対立するはずの旗本・蔵宿師と札差は阿吽《あうん》の呼吸で駆け引きし、その時々で自分が儲けを得たり、相手側に利を許したりしております」

と小籐次が慨嘆した。

「なんということか、それでは公儀を食い物にしているということではないか」

「この菅原民部と陣内道綱、さらには札差伊勢屋の二派とは狐と狸の化かし合いを三年前から繰り返しておりまして、　陣内家は、すでに伊勢屋に多額の借財があるようです。

一方、陣内家では長年の付き合いのある札差を虚仮《こけ》にしたというので、舅《しゅうと》どのが婿の道綱様に激怒しているそうです」

「そうか、陣内道綱は婿として陣内家の御用を勤めるより己の利欲と遊びのみに忠実な御仁か」

と小籐次が呟いた。

「いかにもさようです。赤目様はさような遊び人の婿など叩き出せと思われませぬか」

「新八どの、叩き出せぬわけがあるのであろう。例えば嫁が道綱に惚れこんでおるとか」

と言った小籐次が即座に首を振り、

「こやつ、大名家の次男と申したな。この親父は公儀の重臣かな」

「いかにもさようです。むろん赤目様がお調べになるならば、直ぐに分かりましょう」

「じゃが、そなたらふたりがその名を口にできぬのは老中青山様の知り合いゆえではないか」

無言でふたりが頷き、

「申し訳ありません。殿もできることなれば、親父様まで迷惑がかからぬ始末をと考えておられます」

とおしんが言い、

「蔵宿師菅原民部が陣内道綱と交友を深める理由は、ゆくゆく道綱の実父とつながりを持ちたいと考えてのことかと思います」

「さような輩の考えそうなことよ。まず間違いあるまい」

と応じた小籐次は、

「そなたら、道綱の舅を承知か」

「はい、わが殿の文遣いとして下屋敷にてお会いしました」

とおしんが答え、

「道綱の実家の主ともわが殿の御用人が密かに会いましてございます」

と言い添えた。

「なに、早そこまで話をなしたか。して、お二方の気持ちはいかに」

「陣内家では道綱が札差を無断で替えたことや、飲む打つ買うの遊び方の尋常ならざる所業に呆れておられます。されど、陣内道綱、一刀流の遣い手でございまして、蔵宿師菅原民部と話が合ったのも剣術がきっかけではないかとわれら見ております」

「道綱は陣内家の代々の札差から伊勢屋に鞍替えする折も、代々の札差のお店に菅原民部と押し掛けて刀を振り回してひと騒ぎし、あまつさえ金銭を要求したそうな。むろん、この行いも世間に敵対している関わりだということを見せた茶番劇です。されどこのことを知った実家の殿様も道綱の行く末について密やかな決心をされたそうな」

と新八が付け加えた。それにしても老中青山忠裕の密偵ふたりの調べはなかなか行き届いていて、小籐次を驚かせた。

小籐次はようやくふたりの密偵の主の意を察することができた。

しばし沈黙の時が過ぎた。

「かようなことを申し上げるのは真に天下の武人赤目小籐次様に非礼にあたろうがと前置きされて、旧藩の藩主久留島通嘉様は、文化十年（一八一三）に駿府城番にお就きになられましたが」

小籐次が森藩を辞したあとのことだ。

「正直申して公儀のなかでも決して重き役職とはいえまい。この一件の始末がついたのち、新たなる役職を考えてもよい。これははっきりいうて赤目小籐次の働きに対しての果報である、と申されました」

小籐次の気性を知るおしんが正直困ったという顔で告げた。

頷いた小籐次は長い沈黙に落ちた。そして、ゆっくりと返答を告げた。

「殿のお気持ちはあり難くお聞き致す。じゃが、こたびはこの話、なかったことにしてくれぬか」

と小籐次が告げるとおしんと新八が瞑目し、

「ふーう」

と吐息をついた。

「誤解があってもならぬ。蔵宿師と遊び人の婿のことは赤目小籐次、しかとお聞き申した、と殿に告げてくれぬか」

と小籐次が応じるとこんどはふたりの顔が和らいだ。

「申し訳なき願い、さぞご不快にございましょう」

「おしんさん、われら互いに長い付き合いじゃ。意は通じておるわ」

と言いながら、豊後森藩を訪うにあたっては、こちらから老中青山に願うことも出てこようと考えていた。

三人はさらに半刻ほど話し合い、新八とおしんは夕餉もとらずに老中屋敷に戻っていった。

四

陣内家は先祖が設けた抱屋敷（私邸）を東叡山寛永寺の北側に拡がる金杉村に持っていた。娘に婿をとったが父親の力で公儀の役職に就くどころか、飲む打つ買うの遊び人で陣内家の内所はいよいよ危機に瀕していた。

鞍替えした札差伊勢屋冶次郎兵衛方に何年も先までの蔵米を担保にした借財もあった。陣内家にただ一つ残った財産が金杉村の抱屋敷だ。

この日、札差伊勢屋の主冶次郎兵衛は、陣内道綱自ら認めたと思しき、

「これまでの借財を帳消しにする代わりに抱屋敷をそのほうに譲渡する相談を致したし」

との書状を受け取った。

伊勢屋とてそう容易くこの提案を信じたわけではない。

蔵宿師菅原民部が陣内家に雇われている以上、この取引きになんぞ仕掛けがあると考えていた。

抱屋敷は陣内家に残されたただ一つの財産だ。もはやこれまでの阿吽の呼吸の「取引《やりとり》」ではない。札差としても必ずや得べき財貨、儲け話だった。ともあれ伊勢屋は前々から陣内家の抱屋敷を多額な借財の代わりに入手するつもりであったから提案自体は悪い話ではなかった。

抱屋敷の建物や庭は、長年手入れがされておらずひどい傷みようだが、敷地は二千百余坪あり、敷地のなかに寛永寺の崖地から滲《し》み出る清らかな小川が流れて、泉水には築山のある小島もあった。手入れ次第では、それなりの大金で売れることを冶次郎兵衛は承知していた。

一方、同じ日に陣内家にも札差伊勢屋冶次郎兵衛の名で書状が届けられていた。

これまでの借財の返済金の代わりに、

「金杉村の抱屋敷を譲渡されたし。話し合い次第によって、なにがしかの金子をおつけしてもよきかと思案致す」

との内容だった。

この書状の翌日、二者は約定の暮れ六つに金杉村の抱屋敷に集うことになった。

伊勢屋は、万が一の場合に備えて三人の剣術家を伴うことにした。そのひとりはこれまでも蔵宿師の談判を断った折、相手方の用心棒侍ふたりを叩きふせた、柳生新陰流の達人伊佐木大蔵《いさぎだいぞう》だった。

陣内家抱屋敷には当然代理人たる蔵宿師菅原民部とふたりの配下の者が前もって乗り込んでいた。荒れ果てた抱屋敷には女衆など奉公人はおらず、爺やがひとり留守番をしていた。

陣内道綱は、六つ少々前に入った。菅原民部と配下の者は、昔は女衆部屋として使われていた座敷にひっそりと控えていた。

伊勢屋冶次郎兵衛は、寛永寺の鐘撞堂でならされる暮れ六つの鐘の音とともに抱屋敷に入った。

行灯一つ灯された式台の前に陣内道綱がひとり立って、伊勢屋一行を迎えた。

「伊勢屋、さような供侍を伴うなど聞いておらぬ。われら、腹を割った仲ではないか。話せばわかり合えよう、その者どもをこの場より立ち去らせよ」

と挨拶もなしにいきなり陣内が命じた。

「陣内の殿様、そちら様方にも当然のことながら悪名高き蔵宿師が従っておられよう」

「伊勢屋、われら、菅原民部とも飲む打つ買うの遊び仲間であろうが。なんの差し障りがあろう」

「三人が遊び仲間と言われればそうですがね、殿様と蔵宿師のおふたりは、札差が間に入れないほど密な付き合いと違いますか。婿入り先の陣内の隠居は、そなた様に激怒しておられるとか」

ふっふっふふ
と笑った陣内道綱が、

「それは陣内家の札差をそのほうに替えたからであろうが」

「殿様、札差の私は、表向き蔵宿師とは敵対する間柄にございますよ」

「いかにもいかにも。蔵宿師菅原民部と札差伊勢屋冶次郎兵衛が昵懇《じっこん》の間柄と知れれば、浅草蔵前には伊勢屋の暖簾《のれん》は掲げられぬ」

「脅しですか」

「お互いの立場をはっきりとさせただけよ」

ふたりの言い合いの末、伊勢屋の用心棒剣術家は、荒れ果てた玄関わきの供待ち部屋にて待つことになった。

陣内道綱と伊勢屋冶次郎兵衛は、ふたりだけで床の間のある奥座敷で向かい合った。

ここにも行灯がひとつ灯っているばかりだ。

「さて、伊勢屋、そのほう、陣内家の抱屋敷が所望と聞いた。これまで三年余りの借財など高が知れていよう。この金杉村界隈で、これだけの広い敷地のある抱屋敷はないぞ。便利もよければ、周りの景色も閑静にして絶景。となれば、千両箱のひとつ二つでは話にならぬぞ」

と陣内が横柄な口調で言い放った。

「陣内の殿様、私はそなた様が借財のカタに抱屋敷を渡すと申されたから、かように出向いてきたまで、なんぞ勘違いをされておりませぬかな」

と伊勢屋冶次郎兵衛も言い返した。

「この期におよんでさような戯言を申すか。むろんそのほうの申し出ゆえ、それがし、わざわざ久しぶりに抱屋敷に出向いて参ったのだぞ」

「文を出されたのはそなた様ではありませぬか」

「なに、それがしはさような文を出した覚えなし」

「ご冗談を仰《おつしや》いますな。願いの文を書かれたのは陣内様」

と二者が言い争った。

そこへ不意に蔵宿師菅原民部が姿を見せた。

「菅原様、おまえ様が出るにはいささか早うございますな、この場は当人同士の話合いが先ですぞ」

と伊勢屋が平然とした顔付きで言い放った。

菅原が、

「陣内様、まさか書状をこの者に」

「出してはおらぬ。それがしはこやつからの書状で、抱屋敷を譲ればこれまでの借財を帳消しにしてなにがしかの金子をつけるというで、ここに参ったのだ。その経緯はそなたも承知のはず」

と言い合い、互いにしばし顔を見合わせると、

「おかしゅうございますな」

と菅原が独白するように言った。

「なにがおかしいというか、菅原」

と言いながら陣内が傍らに置いた刀を引き寄せた。

「私も引っかけられた気になりました」

と伊勢屋冶次郎兵衛も呟き、供待ち部屋の用心棒剣客を大声で呼んだ。だが、

聞こえたのか聞こえないのか判然としなかった。

なにしろ陣内道綱も蔵宿師菅原民部も剣の遣い手として知られていた。

伊勢屋は懐に入れた異国到来のペッパー・ボックスと呼ばれる自動回転式の前装多銃身の短筒《たんづつ》を抑えた。

これは長崎奉行を務めたさる大身旗本が、

「試作の短筒じゃが、身を護るくらいはできようぞ」

と言って持ってきたので高い値段で買い取ったものだ。

全長が六寸余（二十センチ）ゆえ懐に入る。エゲレス国の胡椒《こしょう》入れの形に似ているためペッパー・ボックスと呼ばれるそうな。

相手方の抱屋敷に出向くのだ、用心に用心を重ねて懐に入れてきた。

荒川上流に舟を出して幾たびか試射をしたが、銃声だけでも相手を驚かすに十分だった。ふたりが相手でもなんとかなろうと思った。

座敷にて対面しているのだ。

弾が当たる可能性は高かった。

「伊勢屋冶次郎兵衛、そのほう、異国到来の短筒を携えておるようだな。だが、そなたが懐から短筒を出して引金を引く前にわれらの刀が首筋を絶つ」

と蔵宿師が言った。

なんと蔵宿師は伊勢屋冶次郎兵衛が異国渡来の連発短筒を携えていることを承知していた。

そのとき、庭に面した廊下で伊勢屋の用心棒侍三人と、菅原民部の配下のふたりがぶつかり合い、事情が分からぬまま斬り合いになった気配がした。

「菅原、どうするな」

と陣内が慌てた。

「どちらが刀傷を負おうと、雇われ用心棒じゃ。捨ておくことですな」

と菅原民部がこともなげに吐き捨て、

「おかしいというたのは、どちらにも書状が届いているらしいことです」

と言った。

「どういう意か、それがしは出した覚えはないぞ」

と陣内が叫び、伊勢屋冶次郎兵衛も、

「私も陣内様に文など出しておりません。札差は書状の相手を慎重に見極めて出しますでな」

と最前の問答を繰り返し、

「それがしは書状を出すに値せぬと伊勢屋はぬかすか」

と陣内が言い方を変え、

「いかにもさようです」

と伊勢屋が言い切り、

「陣内の殿様、私ども札差は書付証文、書状の類、後に残るものは思案に思案を重ね文言もひと捻りして、こちらの悪しき証にならぬようにいたします。

この一件も相手が遊び仲間ゆえ、私はさらに用心に用心を重ねて参りました。ともかくこの三年、殿様が遊びに費やされた貸金の証文はしっかりとお店に保管してございます。むろんこの抱屋敷のお代をだいぶ超えております」

「抜かしおったな」

と引き寄せていた刀を陣内道綱が手にした。

「御両人、お待ちくだされ。おふたりしてだれぞに騙されてこの抱屋敷に誘い出されたようですな」

と蔵宿師がふたりの間に入り、

「なに、何者か、われらを騙した者は」

と陣内道綱が叫んだとき、血刀を下げた伊佐木大蔵が姿を見せた。

「伊勢屋どの、あの程度のはした金ではこたびの御用は安すぎたわ。まさか仲間をふたり失い、蔵宿師の手下をふたり斬ろうとはな」

と言い放った。

「これで二対二になりましたな」

と伊勢屋がいい、

「伊佐木様、こちらの始末をつけたあとに、金子は五倍ということでどうですか」

「わが仲間がふたり死んでおる。あの者たちの払いはそれがしが貰うてよいな」

「その上、五倍の金子をわずか四半刻で稼ぎますか」

「ということだ」

と血刀を構え直した伊佐木を見た伊勢屋冶次郎兵衛が、懐からペッパー・ボックス連発短筒を出して陣内に向けた。

「おのれ」

と歯ぎしりする陣内に、

「おふたかた、最前の話が終わっておりませぬな。われらを抱屋敷に誘って殺し合いを企てた者があるとの話、とくと考えられよ」

思案を続けていた蔵宿師菅原民部が甲高い声ながら、淡々とした口調で言った。それだけに伊勢屋冶次郎兵衛も陣内道綱も平静に立ち戻った。

「菅原民部、その者に心当たりがありそうじゃな」

「ござる」

と菅原が応じたとき、血刀を下げていた伊佐木大蔵が蔵宿師に向かって踏み込み様、下段から腰へと斬り上げようとした。

菅原民部は、伊佐木の不意打ちをぎりぎりまで引き寄せて、腰を沈めた瞬間に抜き打った。

後《ご》の先《せん》。

必殺の一撃が伊佐木の斬り上げに絡むと、なんと伊佐木の刀を弾きあげて、さらに胴を深々と斬り上げた。なるほど蔵宿師としては非凡な剣術の技量で、場数を踏んでいることを想起させた。

それを見た伊勢屋冶次郎兵衛がペッパー・ボックス連発銃の引金を陣内道綱に向けて引いた。だが、座したまま、懐から抜いた勢いで引いたために凄い銃声とともに弾は天井板を破ったに留まった。

（しまった）

と撃鉄を上げると銃身が回転して、新たに銃口を向け直した。

その瞬間、菅原民部の豪刀が伊勢屋の首筋を深々と斬り下げていた。

ぎゃあー
という悲鳴とともに血しぶきが飛び散り、最後の力を振り絞った札差伊勢屋冶次郎兵衛が引金を前かがみになりながら引いた。こんどは弾が庭の泉水へと飛んでいった。

ふうっ
と陣内は息を吐き、

「伊勢屋の用心棒がわれらと伊勢屋を抱屋敷に呼び寄せたか」

と菅原に聞いた。

「なかなかの剣の遣い手ですがな、この者にはさような知恵はありますまい」

「となるとだれか」

「あの人物ではありませんかな」

庭の一角にひとりの人物がひっそりと立っていた。

「だれか、破《や》れ笠の主は」

「酔いどれ小籐次と見ましたがな」

と蔵宿師がいい、

「なんと赤目小籐次が、酔いどれ小籐次が何用あって、伊勢屋と当家の間に関わるな」

と陣内が問い返した。

その問答の間に破れ笠を被った小籐次がゆっくりと荒れ庭を歩いて、血の臭いが漂う陣内家の抱屋敷の沓脱石《くつぬぎいし》の前に立った。

「赤目小籐次、お招きにより参上」

と声が庭に響いた。

「招いてはおらぬ」

と陣内道綱が否定した。

「いかにもそなたには招かれておらぬ。蔵宿師菅原民部に手を替え品を替えて、招かれたでな、こたびはこちらから参上仕った」

と小籐次が言い返した。

「それがしはさような命はしておらぬぞ、菅原民部」

「道綱どの、そなたの命運は尽き申した。陣内家にもそなたの実家にも帰るべき場所はござらぬ」

と菅原民部が言った。

「そのほうの雇い主はこの陣内道綱じゃぞ」

「それがし、剣術家として雇い主を変えましてな」

「何者に変えたか」

「そなたの父御にござる」

「さような話があろうはずもないわ」

「そなたの実父どのは未だ使い道がござる。ですがな、そなたはもはやこの世にあっては迷惑と考える人ばかりでありましてな、そなたの実父どのも『あやつが生きておればおるだけ、新たな差し障りが生じる』と申されましてな」

「おのれ、許せぬ」

と陣内道綱が刀を抜き払うと鞘《さや》を投げ捨て、蔵宿師菅原民部に斬りかかった。

だが、すでに伊佐木大蔵と伊勢屋冶次郎兵衛を斬った血刀を下げていた菅原民部の片手突きが鮮やかに喉元へと深々と刺さり込んでいた。

うっ

と声音を漏らした陣内道綱は腰砕けにふらついていたが、修羅場を潜り抜けてきた殺人剣が喉から抜かれるとその場に崩れ落ちた。

菅原民部が二度三度と血ぶりをくれて、小籐次を見た。

「そのほう、数多《あまた》の殺しを繰り返してきたようだな」

「始末してよき者もいれば惜しまれる人もおりますがな、今宵の面々は死んだとてだれひとり悲しむ者はおりますまい」

と蔵宿師が平然と言い放った。

「菅原民部、そのほうに生きがいはあるやなしや」

「生きがいな。強いて申せば、殺しかのう」

と淡々とした声で蔵宿師が告げた。

「金ではないのか」

「むろん金は要りますな。こたびは伊勢屋からそれなりの金子を陣内道綱の名で引き出しますか」

とぬけぬけと言い放った菅原民部に、

「その前にわしの始末をせねばそうはなるまい」

「それそれ、天下の酔いどれ小籐次を尋常勝負で始末したとなれば剣術家菅原民部の名は高くなり、蔵宿師としての働き賃もあがりますな。客はいくらもありましょう」

「そなた、旗本・御家人の借財取り消し、棄捐令を考えていたのではないか」

「松平定信様の愚策でござるか。棄捐令を出そうと出すまいと、旗本・御家人の暮らしは変わりありますまい。そのことは酔いどれ小籐次が一番承知でしょうに。旗本・御家人では望外川荘は買えぬが、きれいな嫁女おりょうと広壮な屋敷に研ぎ屋が暮らすとは、これいかに」

「そのほう新兵衛長屋ばかりか望外川荘も承知のようじゃな」

菅原民部がにやりと笑った。

「公儀が棄捐令を出すと札差が新たな貸付をせぬ、締貸しが生じる。となると旗本・御家人の娘が何十人と吉原や四宿《ししゆく》の妓楼に売られ、なかには主が切腹もできずに首を括るものもありますな」

と言葉を添えた。

「そなたが棄捐令を称えておったのは一見、旗本・御家人の味方は蔵宿師と公儀に示す心算だったか」

「さよう、策にございましてな」

「許しがたいのう」

と応じた赤目小籐次が荒れ庭へと下がった。

土足のままの菅原民部が行灯を手に庭へ飛び降りた。

行灯の灯りがただ一つの、淡い光だった。それでも光を背負ったほうが小籐次の動きはよく見えた。

泉水の向こうから中田新八とおしんがふたりの対決を見守っていたが、おしんが種火から松明《たいまつ》二本に火を灯した。

「うーむ、酔いどれ小籐次ともあろう者が仲間を引き連れて来たか」

「そのほうのようなクズには仲間の手は借りぬでもよいわ」

と小籐次が言ったとき、新八とおしんが炎を放つ松明を泉水の上に投げ上げた。

松明の灯りが対峙するふたりの姿を照らした。

小籐次が間合いを自ら詰めながら、先祖伝来の備中国《びっちゅうのくに》次直を抜いた。

血刀を上段に構えた菅原民部も踏み込み、一気に生死の間に入った。

泉水の上を飛ぶ松明二本に照らされた民部の血刀が小籐次の脳天に迫った。

その瞬間、低い姿勢から伸び上がった次直が一瞬早く、菅原民部の胴を抉《えぐ》った。

松明が泉水に落ちて消えた。

一瞬にして暗くなった庭に、

「来島水軍流流れ胴斬り」

という小籐次の声が響いた。

第三章　漁師見習

一

子次郎は網に手をかけたまま、腰を伸ばした。そして、さほど高くない衣笠山の麓《ふもと》にある直参旗本三枝實貴《さえぐささねたか》の所領の一角を見た。

桜の季節も終わりかけ、風にはらはらと花びらが舞い散り、その下の座布団を敷いた縁台に薫子姫が座して三河の内海を見ているのがおぼろに見えた。盗人の子次郎でなければできない遠目だ。

江戸にいた折、薫子にとって光はかすかに感じる程度だった。だが、この三河にきて朝日や夕陽の光をはっきりと感じられるようになっていた。

（ああ、おれが漁の手伝いをしているのをみていなさる）

と思った子次郎は、思わずとんとんと腰を叩いた。三枝家の離れ屋に建て増した部屋に寝泊まりする暮らしが長くなり、子次郎は漁師の手伝いをしようとなんとなく思い付いた。むろん日銭が稼げるなどとは思ってもいない。日中三枝家の陣屋の外に出て、体を動かしていれば夕べに薫子を楽しませる話題もできる程度の考えで、三枝家所領に近い小さな漁村の網元、卯右衛門《うえもん》の家を訪ねて、

「手伝いをさせてくれませんか」

と願った。

しばし子次郎の顔を見ていた白髪まじりの無精ひげの卯右衛門が、

「おまえさんは三枝の殿様の使用人か」

と質し、

「いえ、わっしは三枝家の奉公人じゃございません。姫様と妙な縁があって知り合いになり、なんとなく案じられてね、姫様の様子を江戸から確かめにきたんでさ。江戸の屋敷でも老女のお比呂さんとふたりで暮らしていなさったが、まさかね、こちらでもふたりだけとは思いませんでしたぜ。それでついついわっしも男衆がわりに長居してしまいましたんで」

と子次郎が答えた。

「殿様はなんともいわねえかえ」

「わっしのことをですかえ。酒飲んで酔っぱらっているのが殿様の暮らしだ。江戸のお城の奉公で失態を重ねて、長いこと無役でございましてね。最後には三河の所領に追い出されてきなさった。奥方もこちらで暮らすと聞いただけで、実家に戻られたと聞いていまさあ。眼が不じゅうな姫様は奥方と殿様のひとり娘ですぜ、ひでえ話だ」

「ああ、この界隈でも三枝家は、もはや殿様の代で終わりと噂されているな。それにしてもよ、よく酒を飲む金子が続くな」

と卯右衛門が応じた。

「へえ、その一件ですがね、江戸におられるさるお方が、わっしが三河を訪ねると聞いて、なにがしかの金子を持たせてくれたんでございますよ。むろん殿様にじゃねえ、お姫様にでございますよ。でも、その金子の半分は殿様の酒代に使われていましょうな」

子次郎は自分がなにがしかの金子を赤目小籐次からと偽って薫子に渡した話を微妙に変えて告げた。

「その金子だっていつまでもあるまい」

「へえ、あとひと月かねえ。わっしが来てからも母屋の奉公人が一人減りふたり減りしていますよね。一体どうなるんでございますかね」

「殿様が首を括ろうとどうしようと勝手だが、あのお姫様がな」

と網元卯右衛門の口調は心から薫子の身を案じていた。そして、子次郎がなぜ網元の家を訪ねたか察している感じだった。

「まあ、おまえさんが江戸から来てくれたんでお姫様とお比呂さんは助かっていような」

と言った卯右衛門が、

「おめえさんとお姫様が妙な縁といったな、そりゃ、どんなこった」

と質した。

「へえ、そいつを話さなきゃなりませんかえ」

「おめえさんは、おれの漁《いさ》り舟に乗り込みてえと考えているんじゃないか。なにがしかでも稼いで、お姫様とお比呂さんの暮らしの費えにしようと考えているのと違うか」

「まあ、そんなことが出来ればの話ですがねえ」

「ならば妙な縁を話しねえ」

しばし沈思した子次郎は、網元卯右衛門を信頼してすべてを話すべきだと思った。

「網元の胸のうちだけに留めておいてほしいのですがね」

「話次第だが、おれが倅にだって告げちゃならないと思ったら、胸のうちに仕舞っておこうじゃねえか」

ありがてえ、と前置きした子次郎は、

「わっしの本職は、江戸で鼠小僧次郎吉《じろきち》と呼ばれた盗人でございますよ」

さすがの網元も口をあんぐりと開いたまま、しばし黙り込んだ。

「鼠小僧次郎吉がおめえだって、いまも鼠小僧が江戸で毎晩のように盗みを働いているると聞いているぜ」

「へえ、わっしの真似をして外道働きをしやがる野郎が何人もいるんでさ。わっしは自分の思い上がりが外道働きを稼がせていると思うと、腹がたってね、まあ、足を洗ったってわけでございますよ」

「ううーん、おめえのいうことをそう容易く信じられないな」

「で、ございましょうね。網元、元祖鼠小僧次郎吉といっても、ただの盗人でございますから信頼できないのは当たり前でございますよ」

「確かおめえは、盗んだ金を貧しい衆に配って歩くんだったたな、えらいと褒めたくはねえが、並みの盗人じゃねえや」

「それも手前勝手な満足でございますよ。ともかく盗人の子次郎がえらいしくじりをしてしまいましてね」

　と話を変えた。

「前々から目をつけていた立派な屋敷に、千両箱の一つやふたつあろうと考えて忍び込んだのでございますよ。そしたら、鼠小僧の忍び込みを目の不じゆうなお姫様に悟られましてね、わっしの思い込みを話しますとお姫様が『ほっほっほほ』と笑われまして、『わが屋敷に金子があると思われましたか』と問い返されましたんでさ。元祖鼠小僧たって、この程度の才しかございませんでね。以来、なんとなく屋敷に出入りするようになりましたんで」

「裏長屋にばらまく金子の一部を届けたか」

「いえ、薫子姫様に他人から盗んだ金子を渡すなんぞできませんや」

　子次郎は薫子が自らの自裁のために持っていた菖蒲正宗《しょうぶまさむね》の懐剣を赤目小籐次に頼んで手入れをしてもらった一件は告げなかった。

「話は分かったぜ。で、おめえはおれの舟に乗りたいかえ」

「わっしも一日じゅうお姫様とお比呂さん相手では、退屈でございましてね、盗人が漁り舟に乗っては迷惑ですかね」

「鰹の時節以外は、内海の漁だぜ、大きな舟じゃねえや。邪魔といえば邪魔だが、おめえの話を聞いて断わるわけにもいかなくなった。おめえ漁り舟に乗ったことはあるめえな」

「川舟くらいしかございませんや」

「魚相手の漁師は口が悪いが、聞き流すことだ。おめえも天下の江戸で鼠小僧次郎吉との異名を頂いた盗人だ。三河の漁師ていどの口の悪さにいちいち怒ることもあるめえ。働き次第で採った魚を持たせよう」

　と卯右衛門網元が許してくれたのが一月ほど前のことだ。

「子次郎、いつまでもお姫様を眺めているんじゃねえ。網を引かねえか」

　と卯右衛門親方の長男、勝男《かつお》に怒鳴られた子次郎は、

「すんません、若親方。ここんところ大漁でございますね」

「おお、久しぶりに大漁続きだな。おれが思うには、三枝のお姫様が見ていられるからじゃないか、お姫様がわっしらに運を運んできたんじゃねえかね、親父」

と網元の卯右衛門に問うた。

「おお、そうかもしれねえな。春はアサリ、コウナゴくらいだがよ、季節外れのクロダイ、スズキ、メヒカリも上がったし、赤車《あかしや》エビもニギスも珍しく上がりやがった。お姫様が不じゆうな眼で、おめえがいうようにおれたちの働きを見ておいでだから、大漁続きなのかもしれないな。お姫様の運を運んできたのは子次郎だ。未だ魚の種類も覚えねえ厄介者だが、うちの舟にしばらく乗せておくか」

と卯右衛門が言った。

卯右衛門の浜中丸には網元卯右衛門自らと跡継ぎの勝男に次男の海吉、三男の三郎次、四男の波平《なみへい》と従兄の忠吉らが乗込んでいたので、素人の子次郎が加わると七人になった。

漁り舟は未明の八つ（午前二時）には沖に出て、網を入れて時を待つ。網を引き揚げる前に朝餉と昼餉を兼ねた、めしを食う。

力仕事の漁師は、子次郎が驚くほどよく食べ、よく飲んだ。むろん飲み物は酒だ。

古来、三河湾は季節によって多彩な魚介類がとれる内海としてしられていた。

「網元、今日の魚はイカナゴだな」

「ほう、コウナゴの別名まで覚えたか。しばらく三河の海でよ、お姫様の世話をしてくらしねえな」

「へえ」

と網を上げて漁は仕舞いになった。

この日、子次郎はスズキを一尾、舟では倅たちに親方と呼ばれる卯右衛門にもらって三枝家の離れ屋に帰った。

なぜか三枝家の所領に飼われていた老犬ゴンタがワンワンと興奮の体で吠えて子次郎を迎えた。

「おお、スズキを貰ってきたのが嬉しいか。おれがよ、三枚におろして半身は母屋に、殿様の酒のツマミに上げようか。残りの半身と頭が離れ屋の夕餉の菜だぞ、ゴンタ、母屋よりうちのめしが美味《うま》いぞ」

と子次郎がいうと、離れの縁側に場所を移した薫子とお比呂が茶を喫していた。

「姫様よ、今日は卯右衛門親方にスズキを一尾頂戴した。おれが三枚におろすからよ、お比呂さん、半身を母屋に届けてくんな」

と願った。

三枚に魚を下ろす技は、浜中丸の船上で覚えさせられた。そこで縁側に水桶と俎《まないた》、包丁を出してスズキの下拵《したごしら》えを始めた。元来、手先が器用な子次郎だ、たちまち三枚にさばき終えた。

「だんだんと子次郎さんの手際がよくなりますね」

と眼が見えぬ薫子が言った。

「分かるかえ、お姫様よ」

「わたしには子次郎さんが魚をさばく音がだんだんと心地よく聞こえるようになりましたよ。ということは、魚を知った上に包丁使いが上手になったということです。子次郎さん、スズキを造りと焼き魚にして、お酒を頂戴しましょうか」

と薫子が子次郎に提案した。

「珍しいことがあるもんだな、お姫様が酒を飲みたいか。いや、でえいちこの離れ屋に酒などあったか」

と子次郎が反問した。

「父上が飲んでばかりいますので、お比呂が飲みすぎぬように、四斗樽から毎夕そっと貧乏徳利に酒五勺ほどを移してこちらに持ってきます。二十日で一升、あちらの四斗樽には抜いたのと同じ五勺の水を足すそうです」

「なるほどな。酒あり、魚あり、まるで祝い事だな」

「はい、祝い事です」

　と薫子が答えた。

「なんぞめでたいことがあったか」

「ございました。子次郎さん、当ててご覧なさい」

「うーむ、待てよ」

　と思案した子次郎が、

「お姫様よ、分かったぜ。江戸の赤目様、いや、おりょう様から文が届いたんじゃないか。相変わらず赤目様は他人様のために働いておられるか」

「はい、そのようです」

　とにっこりと笑った薫子が、

「文が届いたばかりではございませんよ。一月半ほど後に赤目小籐次様と駿太郎さんがこの三河に来られます」

　と驚きの言葉を口にした。

「待て、待ってくんな、お姫様よ。なんだって酔いどれ様と駿太郎さんのふたりが来て、おりょう様ひとりだけが江戸の須崎村で留守番なんだ」

　と問い直した。

「子次郎、お姫様からその事情を聞きなされ。わたしは半身を母屋に届けてこちらのスズキを造り少々と焼き魚にするように仕度します」

と半身をお比呂が母屋に届けに行った。

「お姫様よ、おりょう様の文になにが書いてあったか、教えてくんな」

子次郎は水桶の汚れた水を畑に捨てて、井戸端で後始末をした。さらに手を洗ったついでに顔を洗い、縁側に戻った。

「赤目小籐次様とさ、駿太郎さんの親子がこの三河に来るのならば、おりょう様もいっしょのほうが断然いいよな」

「子次郎さん、赤目様は新たな御用を務められます。赤目様の旧藩豊後森藩の参勤下番に同行するように殿様の久留島通嘉様に命じられたのです」

とその事情を告げた。

「なんと参勤交代の付き添いか。まさか森藩の参勤行列もいっしょにこちらに来ることになるまいな」

「さようなことはありません。赤目様と駿太郎様が先に発たれて、この三河に立ち寄り、後に船旅の場の摂津にて落ち合うのだそうです」

「参勤交代に女は無理だもんな」

と得心した子次郎の頭が目まぐるしく動いた。が、さようなことが出来るかどうか、こいつは一晩じっくりと考えようと思った。

「赤目様と駿太郎様がこの三枝の所領におられるのは三、四日ほどだということです。帰りはどうなるか御用次第とか」

「分かったぜ、お姫様よ。こりゃさ、祝い事だよな、酒のツマミがさ、スズキの他におりょう様の文まで加わったな」

「はい。これがおりょう様からの文です、子次郎さんが読めるようにやさしくひらがなを主に認めてあるそうです。今晩じっくりとお読みなさい」

と薫子が子次郎に巻紙の文を手渡した。


この日の夕刻、小籐次は西の丸下の青山下野守忠裕の老中屋敷に招かれた。同席したのは密偵の中田新八とおしんのふたりだけだ。

座敷の真ん中に千両箱が置かれていた。

老中はその千両箱がそこにないように振る舞った。

「赤目小籐次、過日は世話をかけた」

青山の言葉に小籐次は返答をしなかった。

「もはや死んだ者をうんぬんしても致し方なかろう」

過日、旗本陣内家の抱屋敷で、陣内家の婿の道綱と蔵宿師菅原民部と、その配下のふたり、それに対して伊勢屋治次郎兵衛と用心棒として雇われた剣客伊佐木大蔵と配下のふたりの二組が殺し合いになり、何人もの人間が身罷《みまか》った。

このなかで小籐次が次直を振るって始末したのは蔵宿師菅原民部ひとりだけだ。この者たちの骸《むくろ》を始末したのは新八とおしんとその手下たちだ。

「札差天王町組一番組の伊勢屋はこれまでの諸々の所業に、異国到来の短筒を携えていたことを考えれば潰すことはできる。

また旗本陣内家の婿の道綱が蔵宿師菅原民部と組んで伊勢屋からの借財を強引に消そうとした茶番、譜代の臣陣内家の御家取潰しも考えられる」

と言った青山忠裕が言葉を止めた。

小籐次は一度も口を開かなかった。

「すでに闇に葬った死者を蘇らすことはできぬ。徳川家の譜代の臣の家系を婿の悪行に鑑みて御家断絶したら、後になにがあろうともとに戻すこともできぬ。

さらにただいまの公儀の首根っこを金の力で抑え込んでいる札差を潰すとなると、これまた厄介である。陣内家にも伊勢屋にも幸いなことにそれなりの人柄の跡継ぎがおるでな、潰すより陣内家と天王町組の伊勢屋を残すことを、予は選んだ」

と言った青山忠裕が小籐次の様子を窺った。

「どうかのう、赤目小籐次、忌憚《きたん》なき考えを聞かせてくれぬか」

「老中、町奉行所の与力・同心でもなきそれがし、蔵宿師某を始末しております れば、当然表沙汰になれば町奉行所にて裁かれる身にございましょう。さような 赤目小籐次に忌憚なき考えを述べるなどできようはずもございません」

「つまりは死者をうんぬんしても致し方ないということかのう」

と繰り返した青山忠裕が、

「表沙汰になって世間が喜ぶのは、蔵宿師なる者を始末した赤目小籐次の行いで あろう。酔いどれ小籐次、そなたの行いをうんぬんできる者は、幕臣にも町方に もおるまい。

そなたの知り合いの読売屋が書き立てれば、新たな人気を呼び、研ぎ屋の客が 増えような。いや、読売屋が儲けるだけか」

「研ぎ屋の客が増えても親子でこれ以上の働きはできませせぬな」

「駿太郎の研ぎ代は二十文とか、十本で二百文か、職人ひとりの日当にもなるまい」

と老練な老中青山忠裕が言った。

「さて、小籐次、あれなる千両箱じゃが、天王町組一番組の筆頭札差を思いがけなく継ぐことになった倅から届けられたものだ。どうしたものかのう」

しばし思案した小籐次が、

「ご老中のお考え次第にございます」

と答えた。

「ならば中田とおしんに伊勢屋に返させようか、千両箱ひとつで老中を免じられるのもな、それがし、晩節を穢《けが》したくないでな」

と言った青山がふたりの密偵に目顔で命じた。

ふたりが膝行して千両箱を抱えたが、小籐次にはえらく軽そうに見えた。

(中に千枚もの小判が入っている重さではないな)

そのことについて忠裕はなにも言わなかったし、小籐次もそれに倣った。

「近々幕閣のお一人が退職なされる。めでたきことである。嫡男が跡継ぎと決まったそうだ、こちらにも大きな差し障りはあるまい」

と独白した。

小籐次はこの一連の騒ぎに関わり、青山を失脚させようとした幕閣のどなたかが詰め腹を切らされたかと思い付いたが、これまた口にすることはなかった。

二

同じ日のことだ。

三河国三枝家の離れ屋では、夕餉のあと、子次郎がおりょうからきた薫子宛ての文と自分の名が書かれた、仮名文字の文を幾たびも読み返していた。

薫子への文は漢字と平仮名の崩し文字で、見ているだけでなんとも美しいものだった。ただし子次郎には一字とて判読不明であったが、おりょうが薫子を案じている文であることは容易に察せられた。

自分への文はきちんとしたひらがなゆえ読むことができた。

そのなかにはすでに子次郎が薫子に聞かされて承知の、赤目小籐次と駿太郎父子が旧藩、豊後国森藩の殿様の命で参勤交代に先行して東海道を上がる道中に、三河の田原藩近くの三枝陣屋に立ち寄ることが認められていた。

おりょうの文では、なぜ父子が参勤下番に同行せねばならないのか不明だが、

道中よりも森藩城下での、

「ごようだとおもわれます」

と認められてあった。参勤交代には同道せず先行すれば、三河の三枝家の所領に立ち寄ることができるのではと書き添えられてあった。

子次郎は自分に宛てられたおりょうの短い文を幾たびも幾たびも読み返し、おりょうが望外川荘に残されるのを寂しく思っている気持ちを察した。となれば、子次郎の思い付きは悪くない考えだと思い、お比呂から硯《すずり》、筆、墨に巻紙を借り受け、赤目小籐次に宛てた文を書いた。

短い仮名文字の文だが、なかなかうまくいかず、最後には、小籐次にむかって喋るかのように認めた。

この文を譜代田原藩三宅家の城下の飛脚屋から翌日、出すことにした。

子次郎が田原城下の飛脚屋に文を預けた数日後、駿太郎は研ぎ舟蛙丸に小籐次と研ぎ道具を載せて、父親をまず深川の蛤町裏河岸に送っていった。

望外川荘での独り稽古のあとのことだ。

内堀に突き出た船着場に角吉《かどきち》の野菜舟がつけられて商いをすでに始めていた。

「駿太郎さん、今日は親子で研ぎ仕事か」

と客の女衆相手に季節の野菜を売っていた角吉が問うた。

「いえ、父上だけ残って研ぎ仕事をなします。それがしはアサリ河岸に向かい、朝稽古のあと、戻って参ります」

「酔いどれ様の世話はおれがみよう」

と角吉が請け合った。

小籐次が道具とともに下りて、角吉の野菜舟の舳先部分を借り受けて研ぎ場を設けるのを見届けた駿太郎は大川河口を渡って八丁堀に入り、アサリ河岸の鏡心明智流桃井道場の船着場に蛙丸をつけた。

道場には結構な門弟衆が稽古をしていたし、年少組も全員揃っていた。

年少組を指導しているのは北町の新人与力の岩代壮吾だ。弟の祥次郎は兄からきびしい稽古をつけられたとみえて、半分泣き顔だった。

「駿ちゃん、遅いよ」

と苦情をいった。

「父上を深川の蛤町裏河岸に送っていたんです。その分、遅くなりました」

と言い訳する駿太郎の言葉を聞いた壮吾が、

「祥次郎、駿太郎はすでに独り稽古を望外川荘でなし、赤目様を仕事先に送っていったゆえ、遅くなったのだ。理由はちゃんとしていよう。おまえはなんだ、八丁堀の屋敷から道場まで一番近いくせに、あちらにふらふらこちらにふらふらして道草を食い、道場に最前来たばかりではないか」

「兄者が張り切って朝稽古に出たのを知っているんだ。みんなの前でいじめられるのが分かっていて道場に出られるか。駿ちゃん、兄者の稽古相手を代わってくれ。今朝はえらく張り切っているんだよ」

祥次郎がしめたとばかりさっさと駿太郎に稽古相手を譲った。

「壮吾さん、なんぞございましたか。朝早くから稽古をされて」

駿太郎の言葉に壮吾が近寄り、

「お奉行がえらく機嫌がよくてな、どうやらたれぞが蔵宿師の大物萱原民部を始末したらしいのだ。駿太郎、そなたもその場に立ち会っていたのではないか」

と小声で囁いた。

「どういうことです」

「赤目様が萱原民部の口を封じたということよ」

「このところ父上は独りで行動しておられましたので、父上がさようなことをなしたかどうか存じません」

「ふーむ、酔いどれ小籐次が独りでな」

「壮吾さん話しましたよね。われら父子、森藩の参勤下番に従うよう命じられたことを」

と駿太郎が話題を変えた。

「おお、聞いたな。いまや上様とも昵懇の天下の武人赤目小籐次を未だ外様小藩の久留島様は、家臣と考え違いをしておられるわ。駿太郎、本気でそなたら西国森藩まで往来する気か」

「父上はその気です」

「そなたら赤目親子が江戸を百日余も留守にしてよいのか。これだから田舎小名は事の道理が解っておらぬ」

と言い放った。

「父上にとって旧藩の久留島の殿様は格別なお方らしいです。それに」

と駿太郎が一瞬間を置いた。

「それに、なんだ」

「代々森藩に奉公してきた赤目家ですが、下屋敷の厩番でしたから参勤交代に加えられたことはないと聞いています。父上がいうには赤目家は、六郷の渡し場にて見送るのが習わし、森藩の城下を訪ねたことがないそうです。この際、父上は森藩の城下を見てみたいのではありませんか」

「ならばお一人で行かれ、駿太郎は望外川荘に残ればいいではないか。九国は薩摩藩を始め、どこも大藩ばかりじゃぞ。一万二千五百石など城なし大名だろうが。おお、そうだ、赤目小籐次様が売り出したのは、詰めの間で森藩の殿様が同輩の大名方に城なし大名と蔑まれたことがきっかけであったな、赤目小籐次様の武勇が知られたのは『御鑓拝借』の騒ぎが発端だな。なにが城下だ、外様の小藩だぞ、城などなかろう。せいぜい陣屋があるくらいかのう」

「いえ、その昔、玖珠城なるりっぱな山城があったそうです」

「山城な、石垣をちょこちょこと積んだだけのものだぞ。駿太郎、そんな在所にどうしてもいくのか、おりょう様も望外川荘に残られるのだろうが」

岩代壮吾は駿太郎が江戸を留守にするのが寂しいらしい。なんとしても引き止める気でいた。

「壮吾さんもいっしょに行きたいですか」

「冗談を申せ。それがし、痩せても枯れても老中支配下、江戸町奉行所の与力じゃぞ。百日も西国なんぞにいけるものか」

「ならば、稽古が出来るときは稽古をしませんか」

「おお、祥次郎ら相手では物足りんでな」

と木刀を手にした。

「壮吾さん、本日は竹刀で打合い稽古をしませぬか」

と駿太郎がいうとふたりの問答を聞いていた祥次郎が駿太郎の竹刀をさっと持ってきて、

「いいか、威張りくさった兄者をこてんぱんに叩きのめせ」

と耳元で囁いた。

この日の岩代壮吾と赤目駿太郎の稽古は、いちだんと厳しかった。

父の旧藩の藩主久留島通嘉を田舎小名と蔑んだ壮吾をいささか怒っていた駿太郎の攻めはいつもと違って険しかった。祥次郎など、

「おお、駿ちゃん、叩け叩け、兄者が立ち上がれないくらい叩きのめせ」

と日ごろのうっ憤をはらすように喚き続けた。

一刻(二時間)の打合い稽古でふたりの竹刀が使いものにならぬくらい傷んだ。

「おい、駿太郎、本日は先輩の岩代壮吾相手に手加減なしか。こりゃ、体じゅう

が青あざだらけだぞ」

と壮吾が嘆いた。

「それがしの腕も青あざができています。打合い稽古では致し方ありません」

駿太郎も腕の青あざを見せ、

「駿ちゃん、まだ加減していたな。あれでは足りぬぞ。二度と口が利けないくらいさ、叩きのめせばよかったんだよ」

と祥次郎が不満を述べ、

「祥次郎、駿太郎相手にこれ以上打合いはできぬが、おまえ相手にならできるぞ。最前からの言動、兄としては見逃しにできぬ」

と壮吾が言い放ったとき、

「駿太郎、久慈屋の国三さんが見えておるぞ」

といっしょに高尾山薬王院《やくおういん》に紙を納めにいった仲間の森尾繁次郎が駿太郎に告げた。

「おお、国三さんだ。また高尾山に紙納めかな」

祥次郎が渡りに船とばかり兄の壮吾の前から逃げ出し、道場の隅に座した国三のもとへと飛んでいった。

新入りを除いた年少組が国三のもとへ集まり、駿太郎も壮吾も加わった。

「久慈屋の番頭さんも桃井道場に入門するのか」

と祥次郎が問うた。

「私は紙問屋の奉公人です。この歳で桃井道場の年少組の入門は厳しゅうございましょう」

「おれはさ、兄者と違って情を心得ているからさ、優しく教えるよ」

「それでは剣術の稽古にはなりますまい。うちからは赤目駿太郎さんが総代で桃井道場に入門しました。岩代壮吾さんとなかなかの打合いでしたね」

「なに、あの軍鶏《しゃも》の喧嘩を見ていたのか」

「軍鶏は、祥次郎さんの喚き声でしたよ」

「うーむ、おれがなにか叫んでいたか」

「はい、お一人だけ大声で兄上の壮吾様を鼓舞しておいででした」

「おれが兄者を鼓舞するわけもないぞ。駿太郎さんにさ、本気を出せと叱咤激励はしていたがな。国三さん、聞き間違いじゃぞ」

と祥次郎が言い、国三がにやにやと笑った。

「祥次郎、久慈屋の番頭どのはちゃんとおまえの本音を聞き取っておったのだ。

よし、いま一度、稽古をしようか」

「ひゃっ、兄者め、結構じゃ」

と祥次郎が叫び、駿太郎が国三を見た。

「赤目様は望外川荘ですか」

「いえ、深川の蛤町裏河岸で研ぎ仕事をしています。私もこれからあちらに向かいます。なんぞ父上に」

「ええ、書状が届いております」

「文が久慈屋宛で父にですか」

「はい」

と周りを気にしていたが、懐から一通の書状を差し出した。

駿太郎は、

「江戸　しば口はし、紙問屋くじや
赤目ことうじさま」

というあて名書きを見てひと目でだれからか分かった。

「ひどい字だな。駿太郎さんの父上の知り合いか」

と祥次郎が言い、

「三河国からと見たが違うか、駿太郎」

と壮吾が問うた。

どうやら壮吾は子次郎が三河国にいることを承知しているらしい。

駿太郎は首肯し、文を受け取った。

「祥次郎さん、われらの高尾山仲間ですよ」

「うん、高尾山仲間、他に仲間がいたか」

「一緒に戦った仲間です」

駿太郎の言葉に考えていた由之助が、

「親父さんに従っていたお人か」

と駿太郎に質し、頷くと、

「なんとあの御仁、三河国にいるのか」

と祥次郎が首を傾げた。

駿太郎は、差出人の名も所書きもない文を懐に入れた。

「今日はこれで失礼します」

というと岩代壮吾が、

「元祖が三河国にいるとなると、江戸で悪さをしている連中は元祖を真似ているのか」

「壮吾さん、元祖の仕業ではないということです」

と言い残した駿太郎は見所《けんじょ》の桃井春蔵に挨拶をして道場の表に出た。

一足先に道場を出た国三が河岸道に立っていた。

「父上に会って行きますか。それともお店に送っていきましょうか」

「大番頭さんの命は文を赤目様に渡すことでした。それともう一つ、深川での研ぎ仕事が終わったら、お店に立ち寄ってくれませんかとのことでした。私も先日の約定に従い、深川で研ぎ仕事の修業をさせてもらいます」

と国三が言い添え、

「お店には三人いっしょに参ればいいのですね」

と駿太郎が応じた。

深川の蛤町裏河岸では小籐次が独り野菜舟で研ぎ仕事をしていた。どうやら角吉は振れ売りに出ているようだった。

「父上、母上の文に返書が参りました」

と懐から子次郎の書状を出してみせた。

「おお、あやつが飛脚便で文を返してきたか」

と字を見ただけで差出人を認めた小籐次が言って、文を受け取り、しげしげと表書きを見入った。

「わしの若いころよりひどい字じゃが、盗人が文を書いて飛脚屋に頼むなど、なかなかできることではないな」

「私も未だ飛脚屋で文を出したことはありません。母上の文に子次郎さんも薫子姫も喜んでくれたのでしょうね」

「江戸育ちが三河国に暮らすとなると寂しいであろうからな。われら父子が邪魔をするというたら喜んだか、それとも迷惑と書いてきたか」

いつまでも表書きを見入っていた父親がゆっくりと封を披き始めた。

親子の問答を黙って聞いていた国三が蛙丸を舫う手伝いをして、さらに三人の研ぎ場を設けた。

その間に文を読み始めた小籐次が、

「ほうほう、なんとも懐かしいな」

「子次郎さんからとなると格別ですか」

「いや、そうではない。駿太郎、そなたが物心ついたころ、わしが新兵衛長屋でな、仮名文字を教えた折を思い出した、五つ六つの頃かのう、そなたが書いておった仮名文字にそっくりよ。そう、わしらがおりょうといっしょに望外川荘に住む以前の話よ」

「父上、子次郎さんは幼い折、字を教える人が周りにいなかったのでしょう。大人になって覚えた上に飛脚屋に頼んだとは驚きです。やはり一人前の大人ですね」

「駿太郎、字は拙《つたな》いが情の籠ったよい文じゃぞ。うーむ、さようなことにわれら気がつかなかったわ」

と小籐次が嘆息した。

「どういうことです、父上」

「子次郎はな、なぜ三河国に駿太郎、そなたとふたりだけで来るのだ、なぜおりょうを連れてこないのだというておる。望外川荘に残すのは可哀そうではないかとも認めてある」

「えっ」

と思わぬ内容に駿太郎も驚いた。

国三も親子の問答に関心を示したが、黙っていた。

「父上、われら、豊後の森藩へ参勤交代の行列に加わり、参るのですよね。女の人は参勤行列には加われないのではありませんか」

「そこよ。三河国まではわれらふたりが先行する。参勤行列に加わるのは摂津の船旅からじゃ、ならば三河国まで三人でくればよかろうと子次郎はいうておるのだ」

「おお、さような手がございましたか。されど母上は、摂津からの船旅は無理でございましょう」

「子次郎の心遣いは、さらにあるわ」

「どのような心遣いにございますか」

「三河国の三枝家の所領に残って、薫子姫や老女お比呂さんといっしょにわれらが豊後から戻ってくるのを待てばよいではないかというておるのだ」

駿太郎は沈思し、大きく頷いた。

「どうだ、子次郎の考え」

「母上はきっと喜ばれましょう。私どもは母上のことも薫子姫のことも考えませんでした。薄情者の父子ですね、それに比べたら」

「子次郎は情があるな。さすがに元祖鼠小僧だけのことはあるわ。その後の有象無象の鼠小僧もどきとは人間が違うわえ」

と小籐次が感嘆し、すでに研ぎ仕度を終えていた国三も子次郎の提案ににっこり笑って賛意を示した。

「国三さんや、やはりそなたもおりょうが同行するのに賛成かのう」

「むろんです。子次郎さんは優しい人ですね、おりょう様もおふたりといっしょに三河国まで行くのがよろしいかと思います」

国三の言葉に小籐次も大きく頷いた。

「母上がいっしょとなると手形はどうしましょう」

「箱根の関所か、老中青山様の国許に行った折の手形が残っておるが、あの手形は使えまい。新八さんとおしんさんに相談してみようか。老中の名入りの手形であれば、三河国往来など、おりょう連れでもなんとかなろう」

というところに角吉が竹籠の野菜を売りつくして戻ってきた。

「角吉、助かったぞ。研ぎ場は蛙丸に今すぐに移すでな」

と小籐次が言い、

「父上、久慈屋の大番頭さんから本日内にお店に立ち寄ってくれぬかと、国三さんに言付けがございましたので、大丈夫ですと返事をしておきました」

と駿太郎が国三の言葉を告げた。

「ほう、久慈屋さんからの呼出しか、となれば三人でやれるところまでやって早仕舞にいたそうか」

との小籐次の言葉に三人は目の前の道具を手分けして手入れをなすことになった。もはや国三は赤目親子から注意を受けずとも、裏長屋の住人の包丁程度ならば十分に通用する研ぎが出来た。

三

七つ半、駿太郎は研ぎ舟蛙丸に小籐次を乗せて大川を漕ぎ上がっていた。

小籐次は久慈屋の奥座敷で八代目の昌右衛門、大番頭の観右衛門と四半刻ほど三人だけで話し込み、久慈屋の船着場で蛙丸の手入れと掃除をしながら待つ駿太郎のもとへと戻ってきた。見送りに出たのは観右衛門だけだ。その観右衛門が、

「赤目様、返答は急ぐ要はございません。じっくりとおりょう様と話し合いなされ」

と話しかけ、小籐次は無言で首肯した。

研ぎ道具が片付けられ、きれいに掃除された蛙丸の胴ノ間に座した小籐次は、その後も黙然と考え込んでいた。

駿太郎は父に声をかけることなく三十間堀から楓川をぬけて日本橋川に出て、さらに大川に出たところだ。

どの堀も大川の流れにも桜の花びらが散っていた。

駿太郎は思い切って父親に声をかけた。

「父上、久慈屋さんの話は困った頼まれごとでございましたか。森藩の参勤交代に先立ち、私ども一家が三河へ旅するどころの話ではありませんか」

小籐次が駿太郎を振り返り、見上げた。

父子には一尺以上の背丈の差があり、そのうえ駿太郎は蛙丸の艫に立ち、小籐次は胴ノ間に座していた。どうしても見上げることになった。

「いや、久慈屋さんがわれらに無理な願いをなさるはずもないわ」

「ならばなにを悩んでおられます」

「千両じゃ」

「はあ、千両とはなんの話ですか」

「うーむ」

と漏らした小籐次が自分の迷いに決着をつけるべく、最後の沈思をして、

「わしに千両箱を下されたお方がおられるそうな」

「はあー、千両って小判で千枚が入った箱ですか」

「と思うがのう。老中の青山様に対面した折、『予がこの千両に手をつけると賂《まいない》になるな、返そうと思うがどうだ』、そんなようなことを申された。ゆえにそれが宜しゅうございましょうと答えたと思え。するとな、新八さんとおしんさんがその千両箱を抱えたがな、なんとも軽そうではないかと、わしは感じたのだ」

「千両の小判を入れる箱には鉄板で補強もしておると聞きました。ともかく重いそうですね」

「であろう。さてその中身だ」

と返事をした小籐次が、

「身内同然の久慈屋にな、赤目小籐次に渡すようにと千両箱の中身が預けられておったのだ」

「千両を父上に真に下されたお方がおられるのですか、千両箱はどなたかにお返しになったのではありませんか」

「そこよ、老中屋敷に届けられた千両箱から千両の小判を抜いて、おしんさんら

に箱だけを返却させたそうな。で、中身は久慈屋に届けられておるのだ」

「はあ、なぜ父上が千両を貰うかわかりません」

「駿太郎、その曰くだがな、わしが蔵宿師の菅原民部なる者を始末したことの礼だそうだ」

「父上が蔵宿師のなにがしを斬ったのですか、やはり真の話ですか」

「おお、あの出来事、公になれば幕閣のお方とその次男が養子に入った旗本家、さらには蔵前の筆頭札差伊勢屋が潰れることになるでな。老中青山様としては、できるだけ穏便に事が済ませられぬか、この赤目小籐次に内々におしんさんと新八さんを通じて相談があった。わしが青山様の頼みを断るわけにもいくまい。日ごろから世話になっておるでな」

「父上が蔵宿師をひとり成敗なされた礼が千両ですか」

「わしは菅原某を始末しただけだが、その前に旗本の抱屋敷でな、札差伊勢屋冶次郎兵衛を始め、譜代の旗本家に養子に入った人物と、用心棒剣術家らが殺し合いをしたで、何人も死人が出ておる。

この騒ぎを公にすれば、幕府も大揺れに揺れることになる。なにしろ伊勢屋を始め百余株の札差に、直参旗本・御家人の大半は莫大な借財を負っているでな。

一方、幕府が借財を帳消しにする棄捐令を出すことはそう容易なことではない、もし強引に出せば、一時は旗本・御家人は喜ぼう。だがな、札差が黙って見ていると思うてか。新たなる借財はお断りしますと締貸しの策を講じる。となれば、幕府はにっちもさっちもいかなくなる。この辺りの経緯、駿太郎、分かるか」

「父上、過日、新入り門弟の猪谷俊介さんからあらましを聞きましたので、およそのところは分かります」

と言った駿太郎が櫓を漕ぎながら思案し、

「いちばん分からないのは、なぜ千両などという大金を父上が頂戴するのか、そのことです」

「そこよ、老中青山忠裕様はこの旗本・御家人の味方を任じる蔵宿師と百余株の蔵前の札差の伊勢屋らを始末し、幕閣のお方の次男が婿入りした大身旗本、さらには筆頭札差の伊勢屋の店は代替わりさせて、御家と御店は残すことを選ばれた。なによりの功労者は青山様というてよかろう」

「父上は抱屋敷に関わりの者たちを集めて、互いに殺し合いを企て、最後の蔵宿師の頭分菅原民部を始末なされたのですか」

十四歳とはいえ駿太郎は、父小籐次の大胆な企ての数々を傍らから見聞してきたのだ。この場合も父ならばと、なんとなくそのやり口の察しがついた。

「おお、それで事が終わったと思ったのだがな。あとを継いだ札差の倅どのから青山様に千両箱が届けられた」

「青山様は、いったんお受け取りになられたのでございますか」

「それは老中青山様ではのうて、わし、赤目小籐次への礼金と言われたからじゃ」

「青山様は、おしんさんに命じて札差に返却なされたのですよね」

「おお、新八さんとおしんさんが千両箱を返しにいかれたと思うがのう」

「ならば、どうして千両が久慈屋にございますので」

そのとき、蛙丸は須崎村の湧水池への水路へと入り込み、望外川荘の飼い犬二匹が主父子の帰りに大声で吠えながら出迎えた。

「駿太郎、この先の話は夕餉のあと、おりょうを交えていたそうか」

と小籐次が言った。

「承知しました」

と応じたところへ蛙丸の胴ノ間にクロスケとシロが飛び込んできた。

おりょうは縁側でふたりを迎えた。

「母上、本日は妙な土産話があれこれとございます。夕餉のあと、三人で話し合いをします」

「なんでしょう、妙な土産話とは」

「奇妙きてれつな話です。とはいえ、二つとも悪い話ではないのかな」

と駿太郎が首を捻った。

「ならばふたりしてまず湯にお入りなさい」

とおりょうが落ち着き払った様子でふたりを湯殿に向かわせた。

五つ半（午後九時）、赤目家の三人が小籐次とおりょうの寝所に顔を揃えた。駿太郎がこれまで小籐次から聞かされた話をおりょうに告げた。それは駿太郎自身が少しでも理解しようと思ってのことだ。

「母上、私が父上から聞かされたのはここまでです」

「たしかに奇妙な話ですね」

とおりょうが平然と駿太郎に応じて小籐次を見た。

「母上はこの妙な話がお分かりですか」

「なんとなく分かります。かような天下の一大事を解決するのはわが君しかこの世におられますまい。なんでも表沙汰にすれば事が収まるということはありませんからね」

「老中青山様は札差から届けられた千両箱をお返しになったそうです」

「おしんさんと中田様が札差に返しに行かれたのですね」

「と思います。でも、中身の千両は久慈屋に届いております、どういうことでしょう」

「駿太郎、りょうが絵解きをしてみましょうか」

「母上は私の半端な話ですでにお分かりですか」

駿太郎の念押しにおりょうが頷き、

「この騒ぎは死んだ人間は別にして、幕閣のお方、そのご次男が婿入りした大身旗本家、さらには筆頭札差のお店と三者がお取潰しに遭うこともなく家系が続く、あり難い話ではありませんか。そのお膳立てを為されたのは老中青山様、そして、その企てを仕切られたのは駿太郎、そなたの父の赤目小籐次です。つまり小籐次は知らぬ振りをせよということではありませぬか」

「ならば、千両を半分にして五百両ずつ、青山家とうちではなりませぬか」

「老中は幕府の最も位の高い役職です。このお方が、札差から金子を受け取れば賂になりましょう。そんなわけで青山様は千両箱を札差に返しにいかせた」

「母上、中身は久慈屋さんに届けられて、箱だけの返却ではございませんか」

「そうです、そこが老中青山様の賢くてずるいところです」

「はあー」

「駿太郎には未だ分かりますまい。老中青山家では札差から一旦千両箱を預かりましたが、主の判断で千両箱は返却された。されど中身は久慈屋に残された。一方、蔵宿師某を成敗した赤目小籐次の行いに札差一同は大喜びでしょうね。というわけで千両箱が返ってきました」

「母上、空の千両箱です」

「そこが大事なのです。千両箱を青山家に届けたが、主の意向で返却されたのです。賂の疑いなどない」

「でも、中身は久慈屋に」

「それとこれとは別の話です。千両箱を突っ返した老中青山様は、研ぎ屋の赤目小籐次になにがしか礼がしたいと、千枚の小判を届けられた。お分かりですか」

　しばし沈黙していた駿太郎が、

「やはり私には理解がつきません」

「小判一枚一枚に、だれだれからの贈り物などと認めてあるわけではありません。偶々乞食さんが拾った小判も、神田明神の賽銭箱に投げ入れられた小判も変わりはありますまい。一両は一両です」

「は、はい」

と駿太郎が訝し気な顔で首を捻った。

「おりょう、どうやらわれらが帰る前に新八どのとおしんさんが見えたか」

「いえ、おしんさんだけがお見えになりました」

「そなたに、およその経緯を話したうえ、なんというた」

「赤目小籐次様はお金の使い方を承知の武人であり、研ぎ師である。千両程度の使い道はあろう、と主の青山忠裕様が申されたそうな。そして、おしんさんは、久慈屋にある千両、決して受け取りを拒んではなりません、と付け加えられました」

しばし沈黙していた小籐次が、

「はっはっはは」

と破顔した。

「おりょうはすでに駿太郎が汗を掻きかき話したことなどすべて承知であったと

いうことじゃ。まあ、そなたの歳で青山様の裁量を分かることは小賢しかろう」

と言った小籐次におりょうが、

「おまえ様は久慈屋さんにどう申されました」

「わしはたしかに公職に就いたこともなき研ぎ屋じゃ。というて、いきなり千両などという大金をどうしたものか、おりょうと相談すると答えておいた。千両などあっても使い道に困ろうが」

「で、ございますね。しばらくは久慈屋さんに預けておくのがようございましょう」

「ああ、そのうち、なんぞ使い道が出るやもしれぬな」

と言い合った。

「大人になるということは難しいことですね」

と思わず考えを述べた駿太郎が、

「母上、千両話の他にもう一つございます」

と寝間着の襟元に突っ込んでいた子次郎からの文を差し出した。

「おやまあ、りょうの出した文の返書が久慈屋宛に届きましたか。宛名が『えどすざき村　ぼうがい、い、いそう』では、飛脚屋も困りましょう。芝口橋の紙問屋ならばこそ間違いなく子次郎さんの字でもかように届いたのですね。で、文にはなんと書いてあったのですか」

「母上が読んでください」

おりょうが仮名文字の文を読み始めて、急に表情が変わった。

小籐次も駿太郎も気がつかなかったことを、子次郎が提案した部分に触れたのだろうと駿太郎は思った。

ふっ、と息を吐いたおりょうが、

「江戸に残る私のことまで子次郎さんは気にしてくれたのですか」

「どうだ、その申し出は」

「わたしもおまえ様方と三河へと旅ができますか。そして、おまえ様と駿太郎の帰りを三河で待っておりますか。さようなことができるならばうれしい限りです」

とおりょうが和んだ顔で言った。

「おりょう、三河でふた月は待たねばなるまいぞ」

しばし考えたおりょうが、

「薫子姫らといっしょに暮せば、ふた月など直ぐに過ぎましょう。それにおまえ様と駿太郎が迎えにきてくれるのです。子次郎さんもお比呂さんもきっと大喜びしてくれましょう」

「母上、ならば私が薫子さん方への江戸土産を背に負って参ります」

と言った駿太郎がしばし考えた。

芝口橋の久慈屋に奉公するお鈴も赤目一家が西国へ行くのなら丹波篠山に戻りたいと言い出すのではないかと思ったのだ。だが、それはあるまいとも思った。お鈴はすっかりと江戸の暮らしに馴染んでいたからだ。

それとは別の考えも浮かんだ。

「最前の千両ですが、父上の一存で使ってよいのですか」

「おお、三枝家に足りぬものはなんといっても金子であろう。早千両の使い道が出てきたぞ。どうだ、おりょう」

小籐次が駿太郎の問いを察して答え、おりょうに尋ねた。

「三枝の殿様のお酒代にならぬようにせねばなりませんね。お比呂さんに渡してしっかりと暮らしのお金に使ってもらいましょう」

とおりょうもふたりの考えに賛意を示した。

「父上、母上、いくら三河に携えていきますか」

と駿太郎はさらに踏み込んだ。

「千両持っていると思うと気が大きゅうなるな。だが、無暗《むやみ》やたらに金子を渡してもいいわけではあるまい。どうだ、五十両か百両では」

「薫子姫のことを思うと少しでも多くと思いますが、おまえ様にはこれから使い道が出て参りましょう」

と答えたおりょうが駿太郎を見た。

「母上、うちの費えはいくらですか、元服の折に衣服代などに使いましたがあのような格別な費えは別にしてです」

十四歳ながらすでに研ぎ仕事を通して、暮らしには必ず費えがかかることを駿太郎は承知していた。

「うちは有難いことにこの屋敷がございます。魚や野菜などは久慈屋さんを始め、いろいろなところから頂戴します。お梅と百助《ももすけ》の一年一度の給金を加えてもひと月に十両とはかかりますまい、七、八両でしょうか。ふたりの研ぎ仕事の稼ぎが費えの半分以上はありますゆえ、なんの心配もございません」

駿太郎の包丁の研ぎは一丁二十文だが、久慈屋、足袋問屋の京屋喜平、深川の竹藪蕎麦、魚問屋魚源、経師屋《きょうじや》根岸屋、曲物師《わげもの》万作・太郎吉父子、浅草の畳職備前屋などの仕事に使われる道具類の研ぎ代は、月々いくらと小籐次にそれなりのものを支払ってくれることを駿太郎は承知していた。

「うちは一年に八十数両の費えがかかりますか。在所の三河国の三枝家も所領に屋敷がありますよね。それでも子次郎さんが漁り舟に乗ったのは、きっと三枝家の費えを気にしたんだろうな」

と文の最後に細かい字で書いてあったことを思い出した駿太郎の言葉に、

「であろうな、なにしろ所領で採れる作物は知れておろう」

と応じた小籐次が、

「まず五十両を用意していき、三河に行ったら薫子姫方の暮らしを見てみようか。老女のお比呂さんや子次郎とも相談したうえで、その後のことは考えよう」

「それがようございます」

とおりょうが首肯しながら応じた。

「となるとこの望外川荘の留守番はお梅と百助だけになるな」

「父上、丹波篠山行の折もふたりが留守番をしてくれました。こたびはお梅さんの従兄の兵吉さんが毎日のように顔出ししましょう。それにクロスケとシロもおります」

「なにより森藩の江戸藩邸在府の者たちが見廻りにこよう、なかには泊まってい
く者もおるやもしれぬ。それに南町の近藤同心や難波橋の秀次親分も時に顔を見
せてくれようしな。まず望外川荘は大丈夫であろう」
　と小籐次が言い切り、
「おりょう、そなたの主宰する芽柳《めやなぎ》派の集いは三月以上も途絶えるが門弟衆が辞
めてしまうのではないか」
「いえ、丹波篠山の折も皆さんがそれぞれ自習をなされて、私がおるときよりも
よい歌を創られて驚きました。こたびもお許しくださいましょう」
と近ごろ歌の指導より、絵を描くことに熱心なおりょうが言った。
「母上は絵筆や絵の具を持参されますか」
「そうですね、三河の風景を描いてきます。薫子様に見て頂けないのがなんとも
残念至極です」
　三人は、あとひと月半あまりと迫った参勤交代に先行する赤目一家の旅程など
をあれこれと話し合って夜更かしをした。
　小籐次とおりょうの夫婦は床に入っても、なかなか眠れなかった。
「一家で旅ができるなどよそでは考えられぬな。ましてや奉公などしていたら無

理であろう」

「いかにもさようです。りょうは赤目小籐次という武人に会うて幸せでございます」

「それがしとておりょうを妻にできるなど未だ夢をみているようじゃ」

　ふっふっふふ
　と微笑んだおりょうが小籐次の布団のなかへと入り、

「本日はなんという日でございましょうな」

「千両を頂戴し、そのうえ一家三人で三河に旅をするか、なんとも喜ばしいことよ」

　と言いながら小籐次はおりょうの体を抱きしめた。

「桜は散ったがわれら夫婦は未だ花を咲かせておるな」

「はい、いささか姥《うば》ざくらにございます」

「おりょうが姥ざくらならわしはどうなるな」

「さあて、どうでしょう。駿太郎が嫁様をもらうまでお互い元気でいましょうか」

　小籐次もおりょうもその夜は旅のことを考えて寝付かれなかった。

四

江戸を留守にする挨拶廻りやら研ぎ仕事を父子でせっせとすることにした。

一方、おりょうは三河の薫子姫と子次郎に宛てて、子次郎の申し出を有難く受け入れ、三河まで同道することを告げ知らせた。そして、旅の心づもりと仕度をあれこれと考え始めた。

この日も久慈屋で研ぎ場を設けて、駿太郎が昼餉を馳走になっていると少し離れたところで父の小籐次と大番頭の観右衛門が話しているのが聞こえた。奉公人はさっさとお昼を終えて店に出ていた。

「赤目様、あの金子の使い道決まりましたかな」

「三河までおりょうも一緒に行くことになりましてな、そのあと、おりょうだけがひとり三河に二月ほど残り、三枝家の所領に世話になりますでな、あちらに宿代としていささか大金じゃが、五十両を持参しようと一家で話し合いました。どうでござろうか」

と小籐次が言うと、

「うーむ、大身旗本の所領の屋敷に泊まり賃ですか」

と観右衛門が首を捻った。むろん観右衛門も三枝家の内情は子次郎の文の内容を赤目父子らにあらかた聞いて承知していた。

「あまりよい思案とは思えませんかな」

「いえ、赤目様一家のお気持ちはよう分かります。されど三枝家は、失態があったとはいえ、未だ知行取ですな。三河の所領は、領地からの上りを三枝家と領民が五分五分か、六分四分に分けて、三枝の殿様の懐には少なくとも四分の上がりが入ってきましょう。慎ましやかに暮らせば、三枝家の体面を保つことはできましょう。

それに対して赤目家のご厚意とはいえ、五十両の金子を贈られたとなれば、人間、つい目の前の金子に手を伸ばすことになりませぬかな。

なにしろ三枝の殿様は、金子に困って実の娘の薫子姫様を二百両で高家《こうけ》の側室に出そうとした愚かものですぞ。かような御仁は、離れ屋に逗留中のおりょう様が旅籠代と称して金子を持参したことに気付きます。そして、その金子に眼をつけます。となると、薫子様に良かれと贈られた金子は飲み代に化けましょう。薫子様の先々の暮らしに良かれと思ったことが、かようなことになってようございますかな、赤目様」

小籐次は、すぐには返答が出来なかった。

五十両という大金を薫子に贈ろうと考えたのは、むろんあの千両があったからだ。汗水流して得た金ではないゆえ、つい安易なことを考えてしまった。

元祖鼠小僧の子次郎の行いを小籐次は思い出した。

本業の盗人で不当に金を稼ごうと思えば三河国とてできよう。それを子次郎は盗人の「技」を封じて漁師の手伝いをなし、その日、採った魚を食するだけ頂戴してきて三枝家のお膳にあげていた。それをわれら一家はなんと傲慢なことを考えたか、と小籐次は冷や汗が出る思いだった。

老中青山忠裕は、これまでの小籐次の行為を勘案して千両の金子を小籐次に預けたのだ。それを幕臣として処罰される行いをなして、所領に行かされたものに贈るのはいかがなものか。

小籐次の頭のなかにあれこれと考えが湧いた。

ふと駿太郎の方を見るとすでに昼餉を食しおえて研ぎ場に戻っていた。

「大番頭どの、われら一家、傲慢にも大きな間違いを為すところであった。こちらに預けてあるあの千両はいわば、『公金』である。にもかかわらず、わしはつい私用に費消しようとした。さような事情を知れば、薫子姫とて喜びはすまい」

と小籐次は胸のなかの苦い想いを吐き出し、質した。

「大番頭どの、どうすればよいと思われるか」

しばし沈思した観右衛門が、

「おりょう様が二月ほど逗留なさるのには薫子姫様も大喜びなさることは間違いございますまい。まず三河の所領近くの旅籠に三人で投宿なされて、三枝家の離れ屋や暮らしぶりを見、おりょう様がお住まいできるかどうかを知ることが第一でしょう」

「いかにもさようであるな。離れ屋が望外川荘ほどの広さがあるとは限るまいでな」

「で、ございますよ。離れ屋に不便ながらおりょう様が二月逗留できるとわかったら、いっしょにお住まいになればよろしい。無理ならば三枝家の所領近くに借家を求めておりょう様と薫子様が毎日お会いになればよろしい」

「おお、さようなことをわれらは考えもしなかった」

「薫子様になにがただいま一番入用か、子次郎さんに尋ねるのも策でしょうな」

「いかにもいかにも。薫子姫の傍らには金子がどのようなものかとくと承知の元祖鼠小僧がおるのを忘れていたわ」

「金子は人を変えます。元祖の鼠小僧は分限者のうちから金子を掠《かす》めて、貧しい裏長屋に配っているうちにわずかな銭ですら、地道に働くという暮らしを変えてしまうことに気付いたのでしょうな。それを教えたのは」

「無垢な心の持ち主、薫子姫であったな」

「はい、いかにもさようです」

「観右衛門どの、今宵、いま一度身内三人で話し合う」

と小籐次が言い切り、大きく頷いた観右衛門が、

「あの千両のことはしばし忘れなされ。うちの蔵にあれば、いつなりとも使えますでな」

と応じた。

その夜、赤目小籐次一家は仏間に集い、小籐次が観右衛門の言葉を駿太郎とおりょうに告げた。

ふたりは黙って聞いていた。だが、驚きはおりょうのほうが駿太郎より明らかに大きかった。

駿太郎は、観右衛門と小籐次の問答の最初を聞いていたので、およそ察することができていた。その後、蛙丸で小籐次を乗せて帰る最中も考える時があった。それに比べておりょうは初めて、観右衛門の指摘を知ったのだ。途中から真っ青な顔をしていた。

小籐次の話が終わったとき、しばし瞑目したおりょうが両眼を見開いて、

「おまえ様、私どもはえらい間違いをするところでした。子次郎さんの文の裏側すら読みとれていませんでした。なんと愚かなりょうでございましょう」

「おりょうだけではないわ。わしも偉そうに他人様に説教をしてきたにも拘わらず己の行いが見えなかったのだ」

「はい」

とおりょうが応じて、

「おまえ様、こたびの旅は森藩の殿様からの命がきっかけです。おまえ様と駿太郎のふたりで、参勤行列に同行されませぬか」

「母上はやはり望外川荘に残ると申されますか」

と駿太郎が即座に尋ね返した。

「駿太郎、私も薫子様に再会できる喜びばかりを考えて、つい御用と私用を取り

違えておりました」

「母上の申されることも分かります。でも、もはや薫子様も子次郎さんもお比呂さんも私どもの三河立ち寄りを承知して大喜びをしておられます」

と駿太郎が指摘し、

「駿太郎、この際、三枝家の内所のことは忘れて、三河におりょうが留まり、二月過ごせというのか」

と小籐次が尋ねた。

「はい。観右衛門さんの申されるとおり、私どもはつい千両という金子に惑わされました。薫子様はさような金子を貰っても喜びはしますまい。母上と会う喜びが大事かと思います」

と駿太郎が言い切り、

「いかにもさようであったわ。本日は観右衛門さんと駿太郎に教えられたわ」

と小籐次が後悔の言葉を口にした。

三人はしばし沈黙して己の考えを整理した。

「おりょう、そなたが三河に行かぬとなると薫子姫がやはり哀しもうぞ、喜びを哀しみに変えさせてはならぬ。一方、金子のことはなにがわれらにできるか、とくと子次郎と話し合って決めようではないか。それではならぬか」

と小籐次がおりょうに言った。

「わたしども一家三人が揃って三河に立ち寄ることがなにより大事なのですね」

「いかにもさようだ。子次郎の行いを見倣おうではないか」

と小籐次が言い、この夜の話は終わろうとしていた。

「父上、母上、このところお夕姉ちゃんとお鈴さんを望外川荘に招いていません。私どもが旅に出る前に招いてはなりませぬか」

と駿太郎が言い出した。三河行の話のまま、寝るのは気持ちが落ち着かないと駿太郎は考えたのだ。

「馴染みの得意先は、われらの豊後森藩訪いを分かってくれたでな、お夕とお鈴のふたりを呼ぼうか」

と小籐次が答えた。

おりょうは話が変わって、ほっと安堵した表情に戻っていた。

「その折、桃井道場の年少組八人をいっしょに呼んではいけませんか。祥次郎さん方、高尾山でともに過ごしたことが嬉しくて、幾たびも望外川荘に招いてくれと願われています」

「ほうほう、そんな話もあったか。お夕とお鈴に八人の桃井道場年少組な、おりょう、若い衆が十人にもなるが大丈夫か」

「ふっふっふふ」

とおりょうの顔にいつもの笑みが戻り、

「桃井道場の八人は、駿太郎の隠し部屋にて雑魚寝《ざこね》でようございましょう。望外川荘に若い人が集まるのはよいことでございますよ」

と了解した。

「よかった。祥次郎さんや嘉一さん、吉三郎さんに新入りの三人も大喜びしますよ」

駿太郎はそう応じてなにか別のことを考え始めていた。

「父上、蛙丸に私を入れて十一人ですがいっしょに乗れましょうか」

「おお、なんとかなろう。だが、用心して海には出ぬほうがよかろう。堀伝いに行くのがよいわ」

「ですよね、新入りの三人は祥次郎さんほど背丈が小さくはありませんが、まだ大人の体ではありませんし、お夕姉ちゃんもお鈴さんも娘です。十分乗れますね」

「それより駿太郎ひとりで蛙丸の櫓が漕げるか。わしが助《すけ》船頭として乗り込もうか」

「父上が船頭だと、新入りの三人は固くなってしまいます。明日、朝稽古に行った折に年少組に乗ってもらいます。さすればあとはお夕姉ちゃんにお鈴さんですから、大体予測が立てられます」

と駿太郎が言い、

「駿太郎、そなたの考えは、一晩どまりですか、二晩どまりですか」

とのおりょうの言葉に、

「祥次郎さんは兄の壮吾さん抜きで二泊と言いましょう。でもお夕姉ちゃんは、仕事が忙しいからダメかな」

と駿太郎が首を傾げた。

「明日、わしはこちらで研ぎ仕事をなすわ。駿太郎、まず桃井先生の許しを得て話を進めよ」

「そうします」

と請け合ってこの夜の身内三人の集いは終わった。

翌朝、父が望外川荘に残ったため、駿太郎はいつもより早めにアサリ河岸の桃井道場の船着場に蛙丸をつけた。

「おお、今朝はいつもより早いな」

と河岸道にいた祥次郎が目ざとく駿太郎を見て声をかけてきた。

「父上が本日は望外川荘で仕事をしますゆえ、仕事先に送らなかった分、早いのです」

「そうか、これで兄者がおらねば道場も楽しいのにな。ただ今勇太郎さんに稽古をつけているよ。頼みがあるんだ、われら年少組に眼をつけぬうちに駿ちゃんが兄者の相手をしてくれないか。だって、兄者なんて駿ちゃんならいちころだろ。二、三日立ち上がれぬくらいぶちのめせ」

と祥次郎がいうところに、

「おい、祥次郎、道場から逃げておるのはおまえひとりだぞ」

と岩代壮吾の声がして門の前に刀を手にした姿があった。

「兄者、おれは道場から逃げ出してなんておらぬ。蛙丸の気配がしたゆえ見にきただけだ」

「勇太郎のあと、おまえの稽古をと考えていたのだ。それで逃げ出したのだろうが」

「兄者、こうして天下の武人、赤目小籐次様の跡継ぎの駿太郎さんが姿を見せたのだ。駿ちゃんと打ち合い稽古をすればいいではないか」

「そうしたいところだが、急な御用があってな、奉行所に戻らねばならんのだ」

「しめた」

と祥次郎が喜んだ。

「いいか、繁次郎と由之助にとくとおまえの稽古ぶりの見張りを頼んでおいた。その報告次第では明日の稽古はまず祥次郎、おまえが一番先だ」

うっ、と絶句した祥次郎が駿太郎に助けを求めた。

「駿ちゃんさ、明日はもっと早く道場に出られないか。兄者が稽古をして息を弾ませるのは駿ちゃんだけだからな」

「さあ、どうでしょう。明日のことより今日の稽古が大事です。壮吾さんがいなくても稽古をしますよ。あとでいいことがありますからね」

「なんだ、駿太郎、いいこととは」

と壮吾が駿太郎の言葉に関心を示した。

「壮吾さん、御用が大事でしょう。早く奉行所にお行きなされ」

と駿太郎に言われた壮吾が、

「おい、駿太郎、そなたと赤目様は豊後森藩の参勤下番に従い、西国に行くんだったな」

「望外川荘を留守にしますので、よろしくお願い申します」

「おりょう様は残られるのだな」

「ええ、まあ」

とだけ答えた。

おりょうが、三河まではいえ父子ふたりと一緒に旅するのは出来るだけ内緒にしていたほうがよかろうと、小籐次に言われていた。

「よし、案ずるな。それがしが時折見廻りにいくでな」

と言い残して、北町奉行所の新米与力岩代壮吾が桃井道場から姿を消した。

「駿ちゃん、いいことってなんだ。駿ちゃん親子の旅におれたちもいっしょできるのか。西国って高尾山より近いか遠いか」

「片道四十余日ほどかかるそうです」

「はあ、それは遠すぎるぞ。もっと近いさ、旅はないか」

「旅ではありませんが、私どもが西国にいく前に望外川荘で年少組が合宿稽古というのはどうでしょう」

「な、なに、望外川荘に泊まって合宿稽古がやっと決まったか」

「とは申せ、道場はありません。それがしが毎朝なす庭の一角での稽古です」

にたりと笑った祥次郎が、

「兄者には当分内緒だぞ」

「それは結構ですが、まず桃井先生に断らねばなりません。ダメだと申されたら諦めてください」

「そんな、先生が赤目小籐次様の屋敷で合宿稽古をするのを留め立てするわけもあるまい。よし、一緒に行こう、おれが先生を口説くからさ」

と上機嫌の祥次郎が駿太郎を先導するように道場へと戻っていった。

見所に座した桃井春蔵の前にきた祥次郎が、

「桃井先生、赤目小籐次様から先生にお願いがございます。桃井道場の年少組の稽古を望外川荘にて見たいとの仰せだそうです」

「なにっ、赤目様が道場に立ち寄られる折、いつも見ておられるではないか」

と桃井が怪訝《けげん》な顔をした。

もっと驚いたのは駿太郎だ。そんな話などしていない。ところが祥次郎は平然として言葉を添えた。

「道場稽古と野天でやる稽古は足腰の鍛えられ方が違うように思う。桃井道場の門弟衆は、町奉行所の与力・同心が多いゆえ、御用繁多であろう。年少組を招いて野天での稽古が見物したいそうです」

「なんと赤目小籐次様がさようなことを申されたか。駿太郎、そなたは毎朝、望外川荘の庭先で稽古をしていよう、それにうちにも稽古に参る。どちらも承知ゆえ、倅のそなたに問えば、それで済むことではないか」

桃井春蔵が駿太郎を見た。

駿太郎がどう答えるべきか迷っていると、

「先生、駿太郎は、物心ついた折より赤目様に稽古をつけられています。ゆえにわたしめと同じ背丈の赤目様から六尺豊かな駿太郎が育ったのは野天道場の稽古のせいではないか、駿太郎の同輩たちは背丈も様々、こたび新入りもおる。この者たちが野天でどう動くか知りたいと申されたそうな。のう、駿太郎」

といきなり祥次郎が後ろで言葉をなくしたままの駿太郎に質して、目配せして見せた。

「はっ、はあ」

と応じた駿太郎はどう答えるべきか迷った。すると桃井春蔵が、

「祥次郎、わしに背を向けおって片目を瞑り、駿太郎に黙っておれと伝えたのと違うか。この話、そのほうの創り話じゃのう。この桃井春蔵を騙そうとはしておらぬか」

「さ、さようなことは決してございません。のう、駿太郎」

「祥次郎、おまえはしばし黙っておれ。駿太郎、赤目様はしかとそう申されたか」

「はあ、いささか」

「なに、いささか違うのか。ならば赤目様が申されたこと正直に告げよ」

と命じられて駿太郎は、もはや正直に言うしか手はない。稽古を止めた門弟衆が全員見所の問答を注視していた。

駿太郎が望外川荘を訪ねたいとの年少組の要望を話し、

「父はまず桃井先生の許しを得たうえで話を進めよと」

「と申されたか」

「は、はい」

桃井春蔵がしばし祥次郎を無言で凝視した。そして、口を開いた。

「祥次郎、そなた、桃井道場に関わりを持って何年になる。剣士はすべからく物事に正直であれとわしは教えておらぬか。その創り話がそなたの剣術に如実に現れておるわ、このばか者が」

と怒鳴られた祥次郎がしょんぼりとして、

「桃井先生、この岩代祥次郎、桃井道場から破門でございますか」

「破門もなにも年少組は未だ桃井道場の一人前の門弟ではないわ。そのほうだけ望外川荘の野天道場の稽古に行くことはならぬ」

との大声に問答を聞いていた年少組の七人が、

「わあっ」

と喜びの声を上げた。

第四章　子次郎の思案

一

三河国の三枝家所領では、お比呂と子次郎が額を寄せ合って、赤目一家三人が泊まる部屋について話し合っていた。

そよ風が吹いていた。そのせいで海面に縮緬《ちりめん》じわが出来ていた。

薫子は相変わらず微妙な色彩に彩られた内海を眼下に望む場所に縁台をおいて腰を下ろし、何事か思案していた。かような折は、五七五の言葉遊びを頭のなかで為しているのをふたりは承知していた。

「子次郎や、離れ屋はたった三部屋しかありませんぞ。ひと部屋は姫が暮らし、その脇部屋に私が、そなたは鉤《かぎ》の手に建て増した小さな部屋で過ごしておりますな。おりょう様おひとりの折は、薫子様の座敷でいっしょに過ごしていただくとして、赤目様と駿太郎さん父子は、どうしたものか」

「お比呂さん、そのことだ、おれも思案した。付け足しで造られたおれの部屋で父子が寝てよ、おりゃ、台所の板の間に寝ようかと思うがどうだ」

「台所の板の間な、そなたが寝ておる部屋に男三人は無理じゃな」

「駿太郎さんは十四歳にして六尺を優に超えているんだぜ、いくらなんでも無理だな、男三人はふた組に分けるしかあるめえ」

と言った。

「無理でしょうね。かといって皆が出入りする台所にそなたが寝泊まりするのはどうしたものか、食事の仕度もできませんよ」

とお比呂が首を捻った。

しばし思案していた子次郎が、待てよ、と呟き、薫子が座る縁台のほうを見た。

「お比呂さんよ、薫子様の昼間おられる縁台から二十余間ほど離れた所になんの木だか知らないが枝がえらく張った大きな老木がないか。海からだってよく見えるぜ」

「鶏どもが枝に止まっている、あの老樹かね」

ふたりはひねこびた大木の名を知らなかった。

「それだ。おれはよ、前から木の上に小屋を造って寝泊まりしたいと思っていたんだ。おれがさ、あの鶏の住処に間借りできねえもんかな」

「えっ、木の上に家を拵えるなんて、そう容易くできませんよ。大風が吹いたら転がり落ちますよ」

「お比呂さんよ、屋敷を造るんじゃないよ。犬小屋に毛の生えた程度の小屋を造ろうって話だ。どこぞで材木でも探して二畳分の床板を枝の間に張り渡せばあとは壁と屋根だな。おれひとりでも三日もあれば造れると思うがね」

「妙なことを考えたね、そんなことができるものかね」

　とお比呂はまた首を捻った。

「ひょっとしたら駿太郎さんも泊まりたいというかもしれないぜ」

　子次郎の頭には望外川荘の屋根裏部屋があった。あの台所の上の蚕部屋のように広い隠し部屋に子次郎は何日も寝泊まりしていたのだ。

（この気持ち、老女のお比呂には分かるまいな）

　まずは木の上に建てる小屋の材料だと思った。

「お比呂さん、姫様に木の上に小屋を建てる許しを得てくれないか。おりゃ、思い付いたことがあらあ。ちょいと出てくるぜ」

と言い残した子次郎は、毎朝乗り込む漁り舟の網元卯右衛門の家に向かった。

漁師たちは漁り舟の三籐丸で網の手入れをしていた。

「おい、子次郎、姫様の離れ屋から追い出されたか」

と網元の親方の四男の波平が気軽に声をかけてきた。

卯右衛門には倅が四人いたが、波平の兄たちはすでに所帯を持っていて、波平だけが気楽な独り者だった。歳は子次郎より三、四歳若いはずだが、なにしろ子次郎は小柄だ。体の大きな波平はなんとなく子次郎を年下か同輩と思っていた。

「波平さん、使わなくなった船板なんぞないか」

「子次郎さんよ、なにをする気だよ」

「話したよな、江戸から知り合い一家が三枝の所領に泊まりに来るんだよ。そうなりゃな、ほれ、おれが寝ている部屋を江戸の客人に明け渡すことになるな。で、あのひねこびた大木に小屋をこさえてよ、おれが木の上に寝ようと考えたんだ」

「奇妙なことを考えやがったな。あの木は、何百年も前から手入れもなしに放りっぱなしで育った楠の木と曾爺《ひいじじい》から聞いたことがあらあ。曾爺さんの代だってよ、根元は大人四人がかりで腕を伸ばしてようやく届く太さともいったな。いまはもっと太かろう」

「えっ、あれは楠の木か」

「そう聞いてるがな。それにしてもよ、ご領地のお屋敷ならばいくらも部屋があろうじゃないか。それとも長年手入れしてねえから、住めねえか」

「母屋の数は多くてもまともに住める部屋はないそうだ、畳も床も抜けていると聞いた。それによ、母屋は殿様が朝から酒を飲んでいらあ。自分の娘の姫様が離れに住んでいることさえ覚えてないぜ。そんなところに江戸からの客を泊められるか。江戸からきた奉公人の大半が逃げ出したんだろ」

　と子次郎が答えた。

「ああ、殿様の奥方がいちばん最初に江戸の実家に逃げ戻ったそうだな」

「いや、在所にいくと聞いたら江戸の実家に戻ったんだよ。亭主と娘を捨ててな」

「ふーん、冷たい奥方だな。子次郎さんよ、江戸の客って三枝の殿様の知り合いか、それともおまえの知り合いか」

「おお、姫様とおれの知り合いよ、だが殿様とは縁がないや。だからよ、おれたちは離れ屋に泊まってもらいたいんだ」

「ふーん」と返事をした波平が、

「そうか、あの老木に船板で小屋を建てようと考えたか」

と言いながら思案の体を見せた。

「あそこからなら三河の海もさ、漁をしている様子もよく見えるよな」

と子次郎が自分の部屋を明け渡す代わりに、海を見下ろす老木に自分が寝泊まりする小屋を建てて住まう企てを詳しく告げた。

その話を改めて聞いた波平が、にやりと笑った。

「ダメか」

「そうじゃねえよ。面白いと思ったんだよ。三河の漁師なんてなんでも屋だ。それにうちには板も柱にも梁にもなる古材がいくらもあるぜ、何年か前よ、駿河江尻湊の五百石船がうちの前の岩場にぶつかってそのままになっていたのを親父がおれらに命じて解体した板や柱がそっくり残っていらあ。よし、手伝おうか」

と波平は子次郎が知らない船小屋に連れていき、梁、床板、柱などだった材木を子次郎に見せた。

「波平さん、こりゃ、立派な船材だぞ。網元の親方にも話してないし、三枝のところから金子は出ないがいいのか」

「親父は何年も使い道がない古材を貧乏の殿様に売ろうなんて思ってねえよ。うちの朋輩に大工の見習いをやった与助って野郎もいるぜ。あやつに手伝わせれば、一日か二日でよ、いい小屋ができると思うがね」

「助かったよ、波平さん」

子次郎は三枝家の離れ屋に戻って薫子に報告することにした。

「姫様よ、ええことになったぜ。五百石船の古材の柱や床板でさ、あの老木の上に立派な小屋ができることになったんだ」

と波平と話し合ったことを告げた。

「子次郎さん、木の上にどうやって家を建てて休むのですか。わたし、目が見えませんから想像もつきません」

「姫様、こいつはな、目が見える、見えないの話じゃないと思うよ。男ってのは、だれもが一度は隠れ家を持ちたいと夢見るのさ。おれが乗せてもらっている漁り舟の網元の倅の波平さんに、おれが、海から見える老木に小屋を建てて住みたいといったら、古材をくれるばかりか、小屋づくりを仲間と手伝ってくれるとさ。波平さんも小屋に泊まりたいんじゃないか」

と子次郎が言ったとき、三枝家の飼い犬がわんわんと吠えて、腰に鉈《なた》を差した波平と竹籠を担いだ朋輩の与助が姿を見せた。なんとも素早い行動が漁師らしかった。

「子次郎さんよ、小屋を造る木の下見に来たんだけどいいかな」

波平が薫子を気にして小声で言った。

「こちらがお願いした話ですよ、早速下見とは有り難い。そうだ、波平さん、薫子姫とは初めてだよね、姫様、おれが世話になっている網元の四男坊の波平さんと朋輩の与助さんですよ」

子次郎の言葉に薫子姫がゆっくりと顔をふたりに向けた。

「子次郎さんが世話になっております。わたしが三枝薫子です」

と挨拶すると、ふたりがごくりと唾を飲み込む音がして、

「ほ、ほんものの姫様だぞ」

と波平が驚きの声を上げた。

「波平さん、びっくりしたか。おれもさ、最初に会ったとき、言葉も出なくてよ、魂消て腰を抜かしたぞ。江戸にはこの三河では信じられないくらいの大名家や直参旗本の武家屋敷があってさ、たくさんのお姫様がいなさるがさ。けどな、薫子姫は、格別だよ。こんなさ、清らかな瞳のお姫様がいるか」

「見たことねえ」

と波平が言い切った。

そのとき、薫子がほっほっほほ、と笑い、

「子次郎さんも波平さんも褒め上手ですね」

と玉を転がすような声音で言った。

「お、お姫様よ、水鏡《みずかがみ》でさ、自分の顔を見てよ、そう思わないか」

「波平さん、それは」

と子次郎が慌てた。

「子次郎さん、いいのです、気をつかわないでください」

と薫子が答え、

「波平さん、わたしは目が見えないのです。だから、自分の顔も子次郎さんや波平さんの顔も見えません。でも、声を聞けばその人がどんな人か、分かります」

「お姫様、美しい両眼が見えないなんて冗談だろう」

「真《まこと》です」

しばし波平は答えられなかった。思わずふっと息を吐いた波平が少しばかり平静に戻った口調で、

「子次郎さんよ、そんでさ、おめえはどうしてお姫様と知り合ったんだ」

と話柄を変えるように問うた。

「そいつを話さなきゃダメかな、親父様にはすでに話したがよ。話を聞いて、小屋造りなんて嫌だ、子次郎とは付き合わないっていわないか」

「そんなこと言わねえよ、姫様は承知なんだろ。心配するな、話しな、子次郎さんよ」

と波平に催促されたが子次郎は迷っていた。すると薫子がにっこりと微笑み、

「子次郎さんは江戸のわが屋敷を表から見て、お金があると勘違いされたんです」

「おい、おまえ、なにしに姫様の屋敷に訪ねたんだ」

「ううーん、間抜けも間抜け、大間抜けだよな」

と子次郎が済まなそうに応え、薫子が話を続けた。

「子次郎さんがわが屋敷に入られた折、父上はお酒代に困って、わたしを二百両でお妾さんとしてどなたかに売ろうとしていたんです」

予想もしない薫子の話に波平は、冗談かと思い、薫子の顔を見てそれが真だと察すると言葉を失った。

一方、与助は話が理解できないようだった。ために黙り込んでいた。

子次郎は覚悟を決めると、

「おりゃ、三枝家の屋敷構えに騙されてよ、盗みに入ったんだよ」

とぼそりと漏らした。

薫子の前では嘘はつけない子次郎だった。

「なにっ、盗みって、子次郎は泥棒か」

と波平が険しい声で質し、子次郎は即答できなかった。

「はい、子次郎さんは鼠小僧次郎吉という泥棒さんでした。わたしの屋敷からお金を盗んで貧しい人に配ろうとしたんです」

と薫子が子次郎に代わって答えた。

「おおー、ま、まさか子次郎は、あ、あの名高い鼠小僧次郎吉か。いまも江戸で鼠小僧が悪さをしていると聞いたぞ」

「ありゃぁ、おれを真似た金目当ての野郎どもだ。女を辱《はずかし》めたり、相手を殺したりもする押込み強盗よ。恥ずかしながら元祖の鼠小僧次郎吉はこのおれなんだよ、波平さん、驚いたか」

「泥棒に入られたお姫様が驚くのが先だろうが」

と波平が話を戻した。

「それがさ、あの声で『ほっほっほほ』と笑われて、『わが屋敷に金子があると思われましたか』と言い返されてさ。おりゃ、自分の得手勝手な所業が急に哀しくなったんだ」

「得手勝手な所業ってなんだ」

「波平さんよ、どんなずるいことをして儲けた分限者からであれ、他人様の金子を盗んで貧乏人に配って歩いてよ、鼠小僧次郎吉とか、義賊だなんて世間にいわれてさ、とくとくとしていた自分が嫌になったんだ。それがおれとお姫様の出会いよ、がっかりしたか、波平さんよ」

子次郎の告白にしばし座を沈黙が支配した。やがて、

「妾に売られようとしたお姫様と鼠小僧次郎吉の付き合いなんてありか」

と波平がぽつんと問うた。

「はい、いまもかようにお付き合いをさせてもらっております」

と子次郎がばか丁寧な口調で答えた。

「ふうっ」

と大きな吐息をついた波平が、

「子次郎さんがよ、薫子姫様に尽くす曰くがよ、なんとなく分かったぜ」

と言い切った。

「おれの正体を知ったんだ。小屋造りなんて手伝ってくれなくていいぜ。漁り舟に乗っちゃいけないというのならそれも致し方ない。おれに三河から出ていけというのなら出ていこう。だが、薫子様はこの地で静かに暮らさせてくれないか。もっともこの話は最前言ったように親方の卯右衛門さんには話して許しを得たんだ」

と子次郎が真剣な口調で願い、波平が首を横に振ると、

「子次郎さんよ、親父に許しを得たんなら文句はねえ。いいか、ここから出ていっちゃいけねえ。与助、おまえもここでの話はだれにも話しちゃならねえぞ」

と朋輩に釘を刺した。

「波平よ、こんな話、おれがくっ喋《ちゃべ》って、この界隈のだれが信じるよ」

「それもそうだな。よし、これからさ、子次郎さんの小屋造りを手伝うがいいかね、お姫様よ」

「楽しみです」

と薫子が微笑んだ。

与助の担いできた竹籠のなかには鋸《のこぎり》、鉈、鉋《かんな》など大工道具一式が入っていた。早速何百年も三枝家の所領の主のように生えているという老木の周りの竹や雑草を三人でそれぞれが道具を使って切り払った。

「おれたちの漁り舟は船大工が造るけどよ、そのあとのふだんの修理や手入れは漁師たちがやるからな、大工の真似事くらいできるぜ」

四半刻後、なんとも大きな幹が何本も絡まるように堂々と生えていた。そんな老木の前、海側の左右に二本の名も知らない木があって、小さな青い実をつけていた。

「こいつは、なんとも大きな老木だな。海の上から見えるはずだ。そしてよ、家来のように青い実をつけているのは杏の木だ」

と波平が言い、

「死んだ今市の父つぁんが、三河の海の守り神は三枝屋敷の敷地に生えた老木だっていっていたけど、波平、こいつはこの界隈の守り神様だぞ。そんでよ、おれたちが網を引く海を見ていなさるんだ」

と与助が皆の知らない話を持ち出した。

「おお、おれも思い出した、おれの親父に聞くともっとなんぞ知っているかもしれねえな。よし、木の上に上がってみようじゃないか。でっけえ小屋ができるぜ」

と波平が答えて老木に向かってぽんぽんと柏手を打った。

子次郎と与助も真似て老いた大木の幹に頭を下げて瞑目し、柏手を打ってお許しを乞うた。

さすがに漁師と盗人だ。大人数人が両手を拡げなければならないほどの大木にあっさりとよじ登った。

地面から五、六間の高さに四方に太い枝がいくつも横に張り出したところを見つけた。この高さでは波平がようやく両腕で輪を作ったくらいの太さだった。

「この木はよ、野分《のわき》にやられて途中から枝が幾たびか折れたかもしれないな。その折れたところからこの新しい幹が生えたんだ。なんともでっけえ木だぜ」

と波平が感心し、

「ここからならさ、おれたちが仕事をしている三河の内海がよくみえるぜ」

「波平さん、浜に漁師の守り神の小さな神社があったよな」

と子次郎が聞き、

「三河姫命《みかわひめのみこと》権現か。ああ、あの守り神の権現さんは女神様と聞いたぜ」

と波平が答えた。

「ならばよ、三河姫命権現のお札をもらってきて、おれたちが造る木の小屋に小さな神棚を祀ろうか」

と与助がいい、

「おお、いいな」

と波平が賛意を示した。

そのとき、子次郎は老樹の枝の上から薫子姫を見ていた。

薫子はいつものように三河の海を静かに眺めている。

「ああー」

と不意に子次郎が驚きを漏らした。

「どうしたよ、盗人さんよ」

と波平が質した。

「三河姫命権現は女神さんだよな」

「おお、それがどうした」

「薫子姫がもしやして三河姫命様じゃないか」

「おっ」

　とこちらも驚きの声を漏らした波平は薫子に眼差しを向けた。

　晩春の光に照らされた薫子の顔はなんとも神々しく見えた。

「鼠小僧次郎吉、間違いねえ。薫子姫様がおれたちの女神様、三河姫命の現《うつつ》のお姿だぜ。盗人さんよ、ようも三枝家の屋敷に盗みに入ったな。おめえが入った狙いは金子だといったな」

「まあな」

「だが、違うんだよ。三河姫命様の現のお姿をよ、この三河にお連れするのがおめえの役目だったんだよ。おめえは盗人じゃねえ、真の女神様の僕《しもべ》なんだよ。この木の小屋は三河姫命権現の本殿になるんだよ」

　と波平が言い切った。

　三人が薫子を見ていると、

「あんずの実　三河の海に　夏をまつ」

　と清らかな声で詠じた。

　しばし黙っていた子次郎が告げた。

「おれたちの話が聞こえるはずはないよな、杏の木があるのもしらないよな。姫はおれたちの問答を察してなさるぜ」

「だからよ、薫子姫は、三河姫命の現の姿といったろう」

と波平が言い切った。

二

江戸の芝口橋。久慈屋の船着場から研ぎ舟蛙丸がおやえや観右衛門たちに見送られて出ていこうとしていた。

「駿太郎さん、大勢乗せるんですよ、気をつけてね」

と、おやえが注意した。

「国三さん、内海には出ません。堀伝いにいくから大丈夫です」

と応えた駿太郎が船頭の蛙丸には、お鈴とお夕のふたりにクロスケとシロが乗っているだけだった。そのお鈴が、

「おやえ様、番頭さん、申し訳ありません、私だけ勝手に望外川荘に泊りに参りまして」

と嬉しさを隠した顔で詫びた。

「お鈴さんは赤目家の身内ですからね、時に江戸の母御に顔を見せにいかれるの

は当たり前です」

と国三が笑顔で応じて、

「国三さんの言われる母御って、それがしの母上のことですね。となると姉がもうひとり増えたぞ」

と竹竿を手にした駿太郎が返した。

「むろんのことです」

「とするとお鈴さんは駿太郎の姉上か、お夕姉ちゃんとも姉妹になるな」

「そういうことです」

国三が応えて、駿太郎が竿から櫓に替えた。

舳先にはクロスケとシロが行く手をみていた。

本日、父子は研ぎ仕事は休みにして、駿太郎ひとりでみんなを昼過ぎに迎えにきたのだ。年少組の面々やお夕、お鈴を迎えに行くというのでクロスケとシロも蛙丸に乗せられてきた。

「国三さん、となるとわが父小籐次と、お鈴さんとお夕姉ちゃんのふたり姉妹はどのような関わりですか」

と駿太郎がさらに尋ね、

「はあ、赤目様とおふたりさんね」

と国三が考え込んだ。

「やはり歳からいってふたりのじい様かな」

と自分で答えた駿太郎の漕ぐ蛙丸は三十間堀に曲がろうとしていた。するとお鈴とお夕が河岸に独り残った国三に手を振り、二匹の犬がワンワンと吠えて別れの挨拶に加わった。

「国三さんは久慈屋の若い番頭さんのなかでも気遣いの人よね、そう思わない、お夕さん」

お夕がなにかを言いかけて、こくりと頷くのに留めた。ただ今の国三を知るだけのお鈴と違い、お夕は小僧時代から承知しているのだ。

三十間堀をすいすいと進んだ蛙丸を一気にアサリ河岸の船着場に駿太郎は着けようとした。

桃井道場の年少組の面々を乗せるためだ。すると元服した森尾繁次郎、清水由之助を筆頭に吉水吉三郎、園村嘉一、新入りの佐々木啓太郎、北尾義松、そして、猪谷俊介がそれぞれ木刀や竹刀、小さな風呂敷包みを下げて船着場でうれしげに待っていた。

河岸道を見上げると、しょんぼりとした岩代祥次郎が独り佇んでいた。

「祥次郎さん、先生のお許しが出ませんか」

駿太郎がだれとはなしに聞くと、十五歳組の繁次郎と由之助が頷いた。

「そうか、ダメでしたか」

駿太郎が応じたとき、桃井春蔵と岩代壮吾が姿を見せた。

「祥次郎、そのほうそこでなにをしておる」

と壮吾が質した。むろん経緯はすべて承知の上だった。

恨めしげに兄を見返した祥次郎が、

「見送っておる」

「見送っておるのか。過日の行い、桃井先生にお詫びしたか」

祥次郎が泣きそうな顔で首を横に振った。

「反省もしておらぬか」

「兄者、あれからずっと反省をしておるわ」

「ならば、この場で桃井先生にしっかりと詫びよ。それが八丁堀の役人の子弟のなすべきことと違うか」

「は、はい」

と言った祥次郎が河岸道にいきなり正座すると、

「桃井先生、私岩代祥次郎は、赤目小籐次様の言葉をでっち上げて先生を騙そうとしました。申し訳ございません、二度とあのような真似は致しませんから、このたびだけはお許しください」

「祥次郎、赤目小籐次様の言葉だと虚言を弄して、わしを騙そうなど許されることではない。相分かったな」

「はい。分かりました。いえ、分かりましてございます」

「祥次郎、立て。二度と与力の倅が路上で土下座するでない」

と桃井が叱った。

立ち上がった祥次郎に壮吾が風呂敷包みと竹刀を突き出した。

「これはなんだ、兄者」

「仲間といっしょに望外川荘で野天稽古をするのではないのか」

「えっ、おれ、駿ちゃんの舟に乗っていいのか」

「十五歳で元服した森尾繁次郎と清水由之助が年少組を去って、桃井道場の成人組に移る最後の稽古を欠席してもなるまい。桃井先生のお気持ちをあり難く受け止めよ」

壮吾が竹刀と風呂敷包みを弟の手に押し付けた。

「先生、有難う」

とぺこりとお辞儀をした祥次郎が、

「おれも望外川荘に行くぞ」

と石段を駆け下りながら喚いた。

わあっ
と仲間から大歓声が上がって、駿太郎が河岸道のふたりに頭を下げた。

「駿太郎、望外川荘に年少組一同が三日ほど世話になる、すまんが宜しく頼むと赤目様とおりょう様に申し上げてくれ」

「壮吾様は参られませぬか」

「こたびはお訪ねせぬ。弟があのような戯《たわ》けた言動をなしたには、兄のそれがしがいささか厳しく咎めたことが原因のような気が致しておるでな。八丁堀の子弟が口舌の徒になってはならぬ。駿太郎、それがしの代わりにそなたが厳しく稽古をつけてくれ」

と願った。

「承知しました」

駿太郎が蛙丸を楓川へと向けた。

祥次郎は、舳先に乗っていた。その傍らにはお鈴とお夕がいて、クロスケとシロが涙を流し始めた祥次郎を眺めていた。

「祥次郎さん、よかったわね」

お鈴がいい、お夕が手拭いを出して祥次郎に涙を拭くように無言で伝えた。

「あ、ありがとう」

と言いながら手拭いを受け取った祥次郎が涙をそっと拭った。

櫓を操る駿太郎が、

「繁次郎さんと由之助さんは桃井道場の成人組に上がられますか」

「おお、最前、先生に聞かされた。だけど、駿太郎、そなたはわれらより早く元服をなし、剣術に至っては桃井道場の門弟のだれよりも強かろう。そなたはなぜ年少組を出て、われらといっしょに移らぬ」

「由之助さん、それがしはつい最近桃井道場の年少組に入ったばかりです。先生は、剣術もさることながら、ふだんの暮らしぶりや人柄を見ておられるのと違いますか。それがしにはおふたりには及ばぬなにかがあるのです」

との言葉を聞いた祥次郎がお夕の手拭いで、いきなりごしごしと涙をぬぐうと、

「兄者め、いい恰好をしやがって、くそっくそっ」

と叫び、

「駿太郎、おまえは半端もん、子ども大人だぞ。兄者とは違ったかっこつけ屋じゃ」

と喚き、

「おお、最前まで泣いていたカラスがもう喚きおるわ」

と繁次郎がすかさず言った。

「祥次郎さん、それがし、赤目駿太郎平次、どうすればようございますか」

「それが解れば苦労はせん」

祥次郎が怒鳴り返した。

「新入り、祥次郎のことをどう思うよ、佐々木啓太郎」

と十四歳組の園村嘉一が名を上げて問うた。

「嘉一さん、岩代祥次郎さんは変えようがありません。このままのほうがいいと思うけどな」

岩代家と同じく北町与力の倅の啓太郎がもらした。歳は二つ下だが、同じ八丁堀に生まれ育った幼なじみといっていい。

嘉一が新入りのなかでただひとり八丁堀とは関わりのない猪谷俊介を見た。

「私はただただ皆さんが羨ましいです。同じ八丁堀で住まいして仲良くこうして暮らしておられるのです。私には、かような幼なじみがだれひとりおりません。祥次郎さんは己の立場を心得て桃井道場の年少組を纏《まと》めるという、立派な役目を果たされております」

「ふーん、祥次郎のどじの数々はわれらを取りまとめるためとな、叱られ方を自ら買って出ているというのか、さような見方もあるか。北尾義松はどうだ」

と嘉一が最後に南町同心の倅を見た。

「岩代壮吾様のような兄者がおられるのです、佐々木さんが言われたように祥次郎さんはこれまでどおり、好きなように生きていくのがいいと思います。だれも赤目駿太郎さんになれるわけでもありませんしね」

と応じた。

「おお、駿太郎が何人もいるのも敵《かな》わんが、祥次郎が数多いるのも敵わんぞ。おれはおれのやり方で道を進むしかないわ」

と吉水吉三郎が正直な気持ちを吐露した。

「みんなは、おれを虚仮にしておらぬか。まあ、吉三郎のいうことがおれには一番ぴーんと来たけどな」

と祥次郎が言い、不意に舳先に立ち上がった。そして櫓を漕ぐ駿太郎を見て、

「おい、駿ちゃんよ、この舟に替えてよかったな。駿ちゃんをいれてさ、男が九人、娘がふたりに犬二匹が乗っても、まだ余裕があるよな」

と話柄を変えた。

「大人でも十五、六人は乗ることができそうですね。でも、父上と私の研ぎ場を設えておりませんからこれだけの人数が乗れるのです」

と言った駿太郎が、

「桃井道場の年少組の皆さんが知らないと思われる娘さんがふたり乗っておられますよね」

「おれ、お鈴さん、承知だぞ。そんでさ、もうひとりは、女錺職人のお夕さんと違うか、駿ちゃんさ」

と祥次郎がふたりを見た。すると、お夕が、

「わたし、職人見習いです」

と律儀に祥次郎の言葉を訂正し、

「おお、そうか、ここにいるのは、みんな半人前ばかりか」

と祥次郎が得心した。すると、

「半人前はおまえだけだ」

由之助が言い放った。

「おれだけ半人前な。まあ、致し方ないか」

とあっさりと認めた祥次郎が言い出した。

「どうだ、駿ちゃん、おれに櫓の漕ぎ方を教えてくれないか」

「それは構いませんが櫓の漕ぎ方を覚えてなにをするのです」

「夏の花火の宵にな、蛙丸を花火舟に仕立てて、金子を稼ごうという企てよ。その折は駿太郎が主船頭、おれが助船頭で銭を集める。で」

と言った祥次郎がお夕とお鈴を見た。

「で、のあとはなにがいいたいの、祥次郎さん。まさか、お夕さんとわたしふたりを花火舟の客の飲み食いの接待方に使おうって魂胆じゃないわね」

「大あたり」

「なにが大あたりだ。また兄者の壮吾さんにどやされるぞ。いや、赤目様がさようなことに舟をお貸しになると思うてか」

と由之助が険しい口調でいい、

「こやつ、ひとつも変わっておらぬわ。こんどなにか仕出かすとほんとうに桃井道場を放り出されるぞ」

と繁次郎が言い添えた。

蛙丸はすでに日本橋川に出て、正面に大川の流れが見えていた。

「駿ちゃん、ダメか。花火の宵に蛙丸を借りるのはよ」

「ダメですね。祥次郎さん、その問いもみんなの答えが分かっていて言い出されましたか」

「え、駿ちゃん、そんな妙なこと、おれは考えてないぞ。本気で商いをしようと思っただけだぞ」

と言い訳した。

舳先に座していたお鈴が祥次郎の顔を見た。

「なんだ、お鈴さんさ、おれを婿にしたいのか」

「さような気は毛筋ほどもありません」

ならばと、祥次郎がお夕に眼差しを向けた。

「お夕さんを見て職人見習いにしてくれなんて頼んでもダメよ。祥次郎さん、あなたに足りないのは根気なの、錺職は手先が器用なうえにこつこつと気持ちを集中しなきゃならないのよ。お夕さんはお父つぁんが師匠なだけにひと一倍厳しい修業をしているのよ。祥次郎さんには無理ね、錺職親子の邪魔をしないで」

お鈴がお夕を代弁するように言い切った。

「おれはそんなこと考えてなかったぞ」

と祥次郎が答えた。

「お鈴さん、わたしは好きで父親と同じ錺職を選んだんです。怒られても怒鳴られても技が身につくのならば我慢ができます」

とお夕が言った。

「そんなに厳しいのか、職人仕事はよ」

と改めて祥次郎がしげしげとお夕を見た。

「はい、それくらい厳しい修業を少なくとも十年、いえ、十五、六年は務めなければお金は頂戴できません」

「魂消たな」

としみじみと祥次郎が漏らした。

「八丁堀でも嫡男だけが職を継ぐのよね」

とお鈴が言い出した。

丹波篠山の旅籠の娘で、篠山藩青山家に行儀見習いの奉公をしていたお鈴は武家方の習わしに詳しかった。

「ああ、おれんちは父上と兄者がふたりとも北町に奉公しておる、これはさ、異例だそうだ。それにしてもさ、親父が与力なのにどうして兄者が与力になったんだろ」

祥次郎が自問し、

「そりゃ、出来がいいからよ、お奉行がお許しになったのと違うか」

「親父様は近々隠居だよな、その前に御用を覚えさせたいだけの話よ」

と由之助と繁次郎が言い合った。

「祥次郎さん、ほんとうに婿入りする当てはないの」

とお鈴が質した。

かような問いをお夕がすることはない。

「八丁堀にか、ないな。おれの評判はみんなのほうがよう承知だろうが」

と祥次郎が即答した。

「どうするの」

「一生涯部屋住みかな、となると兄者と死ぬまで付き合うことになるな。あとは兄者に気持ちの優しい嫁がくることを祈るだけだ。兄者以上にきびしい嫁がきたら、おれの生涯はどうにもならないな」

祥次郎の言葉にみなが黙り込んだ。

蛙丸に乗り込んでいる与力・同心の子弟はほとんどが嫡男ではなかった。

いつの間にか舟は大川を遡上していた。

「ご一統さん、この世はなにが起こるか分かりませんよ。わが父を見てご覧なさい、西国の貧しい大名家、それも下屋敷の厩番がいまや望外川荘のあるじですよ」

駿太郎が一同を励まそうと言った。

「おお、それだ。そしてよ、おりょう様があのじい様の奥方だっていうんだからさ、おれだって、そうならないってことはないよな」

能天気な祥次郎がみなに問うた。いや、自分に言い聞かせた。

「おい、祥次郎、おまえと赤目様が似ているのは背丈が小さいところだけだ。赤目小籐次様は旧主の恥辱を雪《そそ》ぐために四家の大名行列に独りで斬り込まれたんだぞ。御鑓先一つでも切り取れるか、祥次郎」

「できないな」

祥次郎の一瞬の望みを繁次郎の言葉が潰した。

「とはいえ、なにが起こるか分かりません。祥次郎さんは自分の好きな道を見つけるのがまず大事です」

と駿太郎が言い切ったとき、蛙丸は須崎村に近づいていた。するとクロスケとシロが望外川荘に帰ってきたことが分かって、舳先に立ち嬉しそうにワンワンと吠えた。

「自分の住処が分かるのか、犬はさ」

「分かりますよ、祥次郎さん」

「おれ、犬に生まれればよかったな。望外川荘に住めるもんな」

今日の祥次郎は師匠に叱られたのが尾を引いているのか、ふだんとは違い、祥次郎らしくない弱気な言葉ばかりを連ねていた。

「おい、祥次郎、駿太郎の住まいにいってよ、そんなことばかり口にしているとクロスケからもシロからも嫌われるぞ」

と繁次郎がいい、そうだ、思い出した、と続けた。

「望外川荘の逗留のあと、おれと由之助が年少組をぬけるな。次の頭分をおまえたちが決めろと桃井先生に言われていたんだ。だれにするよ、そいつを決めて赤目様とおりょう様の望外川荘を訪ねるぞ」

「そりゃ、駿太郎だろう。剣術は強いし、考えもしっかりしているよな」

「蛙丸におれたちを乗せて芝口橋から漕ぎ上がってきたよな。年少組の頭分は駿太郎しかあるまい」

と嘉一と吉三郎が言った。

「いえ、最前もいいました、私は桃井道場の新参者です。それに父上に従って江戸を離れることがしばしばあります。こたびも三月も四月も留守をします。さような者が桃井道場の年少組の頭分は務められません」

と駿太郎が言い切った。

「そうだな、駿太郎はあれこれと御用が多くてよ、無理かもしれないいな」

と清水由之助がいい、嘉一と吉三郎を見た。

「おれも吉三郎も頭分の柄じゃないよな。駿太郎より新入りの猪谷俊介はしっかり者だが、年少組に入ったばかりだしな。まあ、啓太郎と義松と同じく数年は新米門弟だよな」

と繁次郎が言い、

「残るは祥次郎だけだぞ」

と言い添えた。

「どうしたらいいよ、駿太郎」

と物心ついた折から大人の間で育ってきた駿太郎に由之助が質した。

駿太郎は蛙丸を湧水池への水路に入れて櫓をゆったりと動かして舟足を緩めていた。

「それがしは、祥次郎さんが適任かと思います」

「はあー、そんな話ってありか。こいつは桃井先生にこっぴどく叱られたばかりだぞ、そのうえ、最前から能天気な花火舟の話をしたかと思ったら、おれたちの気持ちを暗くする身の上話を繰り返してないか」

と繁次郎が疑問を呈した。

「われらはまだ十四歳です。いろいろと欠点があっても不思議ではありません。猪谷俊介さんの言われたように、祥次郎さんは己の立場を承知で、あのような言動を繰り返されたのだと思います。足りないものだらけの年少組を引っ張っていくのは岩代祥次郎が打って付けだと思います。それがしも手助けします」

と駿太郎が言い切り、

「おれが年少組の頭か」

と祥次郎が一番驚いた。

「わたしも祥次郎さんが適任だと思うわ」

とお夕が珍しく話に加わった。

「そうか、最初から適任者なんていないよな」

と繁次郎がいい、お鈴が、

「決まりね」

と言って新しい年少組の頭が岩代祥次郎に決まった。

三

三河国旗本三枝家の敷地の一角にある老木の楠は長年手入れがされず自然のままに枝葉が伸びていた。それを子次郎、波平、与助の三人が丁寧に刈り込んだ。

「波平さん、親父さんに確かめてくれないか。この老木、やはり楠だな」

と子次郎が質した。すると与助が、

「おお、子次郎さんのいうとおり楠の木だと思うよ。楠は一年中葉が繁ってる。周りの雑木を刈り取ったらよ、それがよくわかるぞ」

と言い、波平が親父に確認することになった。

それにしても見事な大木だった。そして、いつも三河の内海で漁をする三人は、大木から見る西日に光る海にしばし言葉を失った。

夕暮れの刻限だ。

「おお、おれたちが漁をする海か、きれいだな」

「初めて見る海だぞ」

と波平と与助の漁師ふたりが言い合った。

子次郎もこれまでも見ていたはずの三河の内海と対岸の山並みの光景に魅了され、

(薫子姫に見せてやりたい)

と痛切に思った。

「子次郎さんよ、ぼっとしていても小屋は建たないぜ。この楠だかの大木の枝の間に丸太を渡して小屋の基を少しでも造っておかないか」

波平が注意した。

「おお、そうだった。おれたち、木の上に小屋を造ろうとしているんだよな」

「江戸の客人が来る前に小屋を造らなきゃならないんだろ。うちにあった五百石船の柱も床板もしっかりしているからよ、立派な小屋ができるぜ」

「波平さん、丸太を枝の間に渡したら小屋に上がるはしご段を造るのが次の仕事じゃないか。そのほうが作業はし易いだろう」

「鼠小僧は他人様の屋敷に押し入るとき、はしご段をかけて塀を乗り越えるのか」

と波平が反問した。

「盗人がそんなことをしていたら、あっさりと十手持ちや同心に摑まりますぜ。高さ一間半ていどの築地塀は、道具を使わなくてもちょこちょこと乗り越えるのが元祖の鼠小僧次郎吉ですよ。おれはさ、いや、いいや」

と途中で言葉を止めた子次郎に、ふーん、と波平が鼻で返事をして、

「子次郎さんよ、他に考えることがあってよ、言葉を途中で飲み込んだな。姫様に小屋に上がって光る海を見てもらいたいのと違うか」

「おお、波平さんは盗人の胸のうちが読めるのか」

「おおさ、おめえが姫様に尽くす気持ちがおれも与助も分かったからな、いまの漁師見習の子次郎の胸にはさ、そのことしかあるめえ」

「そうなんだ。この大木に小屋ができたらさ、いちばん最初に薫子姫に上がって

もらいたいんだ。西日に光る海を見てもらいたいのよ」

「それではしご段を考えたか。姫様の眼は光を感じるていどといったな。はしご段で上がるのは無理だぜ。まあ、そんなことは漁師のおれらに任せなって」

　と請け合った波平が、

「よし、丸太を上げてよ、綱で枝に縛りつけるぜ」

　とふたりの仲間に言った。

「えっ、釘で木の幹に止めないのか」

「太い釘なんぞで幹に止めたら、老木を傷めようが。漁師はな、漁り舟で使う綱は自分たちで編むのよ。そんでな、漁師の手仕事の綱がらみは釘より頑丈でよ、船にもよ、老木にも優しいや」

　と波平が言い切った。

「与助、下におりて丸太を突っ立てておれたちに渡しねえな」

「波平よ、麻縄を腰に巻いてきたぜ。この麻縄で丸太を引き上げたほうが仕事は楽じゃないか」

「おお、与助め、利口なことを抜かしやがったな。おめえ、地べたに下りてよ、丸太を一本ずつ縛りねえな。子次郎とおれのふたりで丸太を引き上げるからよ」

との波平の言葉で小屋造りの作業が始まった。

そんな作業の音や声が風に乗って薫子の耳に聞えた。


一方、江戸の須崎村の望外川荘の船着場では、なんとも賑やかな声が響いていた。ひと月に一度、お夕とお鈴が望外川荘に泊まりにくることはあったが、桃井道場の年少組を抜ける森尾繁次郎、清水由之助を筆頭に新入りの佐々木啓太郎、北尾義松、猪谷俊介に駿太郎と同年の吉水吉三郎、園村嘉一、それに新たな年少組の頭分に就いた岩代祥次郎の八人が蛙丸から船着場に飛び上がり、

「おお、ここが酔いどれ小籐次様のお屋敷の望外川荘か、なんだか在所くさいな」

と祥次郎がいきなりもらし、その言葉を理解したかのようにクロスケとシロが、ワンワンと吠えた。

「お頭様《かしら》」

とお鈴が祥次郎に呼びかけた。

「お頭様か、なんともいい響きだな。お鈴さんさ、もう一度呼んでくれないか」

「お安い御用よ、お頭様」

「うんうん、で、用事はなんだな」

「つい最前漏らされた言葉を覚えていてくださいな」

「お頭様のおれが漏らした言葉か、なんだろうな」

「祥次郎はもう忘れたのか。おまえは望外川荘が在所くさいといったんだぞ」

と元の年少組の頭の森尾繁次郎が言った。

「思い出した。だって、八丁堀に比べてよ、池と竹林と雑木林に葦の原が広がっているだけだぜ」

「まあな、江戸とはいえ、須崎村は川向こうの外れだよな」

清水由之助も祥次郎に賛意を示した。

また二匹の犬が吠えて船着場から竹林に誘うように一行の先頭に立った。

「こりゃ、森んなかに入ったようだぜ。よくまあ、駿ちゃんは毎日、蛙丸に乗ってよ、アサリ河岸の桃井道場や芝口橋の久慈屋に通ってくるな。在所に住んでいると江戸の町中が恋しくなるんだな」

と祥次郎が言い放った。

すると林の向こうにきらきらと西日に煌《きら》めく泉水が見えた。

「また池かよ」

と答えた祥次郎の足が不意に止まった。

「おい、駿ちゃん、望外川荘ってこんなに小さな小屋か。そうだよな、久慈屋の店先で紙問屋の道具とかさ、裏長屋のかみさん連中の持ち込む包丁研いだって、大した稼ぎにならないもんな。まあ、致し方ないか」

と茶室の不酔庵《ふすいあん》を見た。

「祥次郎さん、茶室を知らないの」

丹波篠山の老舗旅籠の娘、お鈴が呆れ顔で問うた。

「ちゃしつってなんだ。おまえたちのねぐらにしては立派かな」

祥次郎がクロスケとシロの二頭の飼い犬を見た。

新入りの猪谷俊介がなにかを言いかけて黙り込んだ。

「ご一統様、こちらにどうぞ」

お夕が不酔庵を回って望外川荘の前庭に誘《いざな》った。

「結構広い池だな、魚が釣れそうだぞ」

泉水の中ほどに築山のある小島があるのを見た祥次郎が言った。

祥次郎を除いた年少組の面々の眼差しは望外川荘を見ていた。見事な茅ぶきの大家に言葉を失くして茫然として見入っていた。

「こちらが望外川荘でございます、お頭様」

とお鈴が祥次郎に声をかけると、

「えっ、またお頭様か。お鈴さんの呼びかけが段々と馴染んできたな」

と応じた新頭分が一同の視線の先を見て、

「でっけえ家だな。大名家の別邸か」

と漏らし、

「お頭様、赤目小籐次様、おりょう様に駿太郎さん一家の『在所くさい望外川荘』でございます」

とお夕が応じた。

「えっ、まさか、これが望外川荘か。お、おれ、そんなこと言った覚えはないぞ」

と動揺したまま祥次郎が言い訳した。

「いえ、申されました」

「お夕さんさ、耳が悪くないか。それにしても魂消たぞ、駿ちゃん」

「祥次郎さん、なにに魂消られました」

「そりゃ、おれだってさ、天下の武人赤目小籐次様ならばこれくらいの屋敷に住んでいても不思議はないとさ、端《はな》っから考えていたさ。でも、どう見ても大きいな、大きすぎる。それで」

「魂消たか、祥次郎。おまえを新しい年少組の頭にしたのは正しい判断だったかのう」

と十五歳組の由之助が独りごちるように繁次郎に質した。

「うーむ、早まったかもしれんな。いくらものを知らんとはいえ、岩代祥次郎のあの物言いでは、望外川荘にお住まいの赤目様とおりょう様に非礼ではないか。思い切ってこちらの過ちを正すか」

繁次郎が駿太郎を見た。

「いえ、それはなりませぬ。祥次郎さんの言動など父上も母上も気にしませぬ。それよりご一統様、こちらにあるのがそれがしの野天道場です。日が暮れるまで四半刻はありましょう。稽古をなして汗を掻き、湯に入ってから望外川荘で夕餉を食しませぬか」

年少組の全員が木刀か竹刀と着替えや米を包んだ風呂敷を持参していた。

「おい、駿ちゃん、この刻限から稽古をする気か。湯に入ってさ、早々に夕餉のほうがいいな」

と祥次郎が抗った。

駿太郎が首を横に振り、

「お鈴さん、お夕さん、この旨、父上と母上に告げてください」

と願った。

「合点承知の助って、江戸ではいうのよね」

とお鈴が受け、お夕が頷いて、

「駿太郎さんのお部屋に夜具を敷いてもいいかしら」

「お夕姉ちゃん、助かる。わが部屋に九人が枕を並べるなど初めてのことです」

「任せて」

ふたりの娘たちが望外川荘に向かった。

クロスケとシロは稽古に付き合う心算か、その場に残った。

「お頭様、お相手願えますか」

駿太郎が祥次郎を指名した。

「待て待て、駿ちゃん、さっきの様子ではこの岩代祥次郎が年少組の頭だよな。となるとおれが稽古のやり方を決めてもいいのではないか」

と言い出した。

「一対一は嫌ですか」

「おう、駿ちゃんは望外川荘野天道場に慣れているな、それに比してわれらは初稽古である。駿ちゃんひとりとわれら八人の稽古ではどうだな、ご一統」

と祥次郎が仲間を見廻した。

「祥次郎のやつ、一対一を免れんと一対八の交替稽古を考えおったわ。正直申して四半刻内で、駿太郎に太刀打ちできるのはこの策しかないか」

と前の年少組頭分の繁次郎が賛意を示して、一同も頷いた。そこで竹刀や木刀を手に誰から行くかと相談しはじめた。

「待て待て、新しい頭分岩代祥次郎の考えをご一統は未だ理解しておらぬな」

「どういうことか、祥次郎」

と由之助が質した。

「一人ひとり駿ちゃんに次々に交替で掛かってもわれらが勝つ術《すべ》はなかろう。どうだ、われら八人と駿ちゃんひとりの打合い勝負では」

「あれこれと考えられますね、新しいお頭様」

と笑った駿太郎が応じて、言い添えた。

「四半刻のうちに、それがしが一本取られた場合は、ご一統の勝ちです。稽古はその瞬間に終わりにしましょう」

「よし、一気に片をつけるぞ」

祥次郎の声で一対八の打合い稽古が決まった。

「駿太郎の背後に新入りの三人がつけ。われら五人は堂々と駿太郎の前方から攻める」

と宣告した瞬間、祥次郎がいきなりごろりと地面に転がると、手にした竹刀で駿太郎の足元を叩こうとした。だが、駿太郎が奇策を察していたか、
ひょい
と飛んで竹刀で軽く祥次郎の手首を打つと、

「あ、痛たた」

と祥次郎は手から竹刀を離した。

祥次郎を除く前面の四人との乱戦になった。だが、それも一瞬で四人とも胴や肩口や手首を叩かれて竹刀を落とした。

残るは新入り三人だ。

「ど、どうするよ」

北町与力の倅の佐々木啓太郎がふたりに問うた。

「佐々木さん、それがしが突っ込みます。その間に左右から攻めてください」

猪谷俊介が決然と言った。

「おお、いくぞ」

と南町同心の次男北尾義松が竹刀を構えた途端、駿太郎の竹刀が軽く面を打った。

「あぁー」

猪谷俊介を竹刀の先で牽制した駿太郎が佐々木啓太郎に向かって飛び、胴を叩いていた。残るはひとりだ。

「さあて、俊介さん、一対一がお望みのようですね」

「参る」

猪谷が正眼に構えた。

駿太郎も相正眼で受けた。

足元でそよりと転がる者がいて、

「お足」

と叫びながら地面に落ちた竹刀を拾っていた祥次郎が駿太郎の足を叩こうとした。

駿太郎の竹刀が下段に落ちて祥次郎の竹刀を叩いてふたたび飛ばし、祥次郎の奇策の結果を見ていた俊介が、

「面」

と長身の駿太郎の面を奪おうとした。が、下段から翻った竹刀が一瞬早く俊介の胴を叩いて転がした。


四半刻後、九人は交替で納屋にある大きな風呂場で汗を流していた。

「おれの手首の腫れをみたか。青あざがいくつもあるぞ。望外川荘に静養にきたと思ったがいきなり稽古か。明日からが思いやられる」

と祥次郎が嘆いた。

「お頭、アサリ河岸の桃井道場でやるのも在所くさい望外川荘の野天道場の稽古もいっしょです。ほれ、高尾山の稽古を思い出してください」

「高尾山の稽古は楽しかったな。おれはあそこの合宿稽古で強くなったと思ったが、おれたち八人がかりでこの様《ざま》だ。どういうことか」

駿太郎のことばに、祥次郎が自問するように言った。

「岩代祥次郎、おまえを頭分にしたゆえ、かような無様になったのが分からぬか。

由之助とふたり、年少組との最後の稽古だぞ。明日には地面に寝っ転がるような奇策ではのうて、堂々と攻めて駿太郎に打たれてみよ」

繁次郎が言い放った。

「お、おれのせいか」

祥次郎が指で顔を差した。すると駿太郎を除く七人が無言で大きく首を縦に振り、頷いた。

「ご一統様、いつまで湯に浸かっておられるのですか。夕餉の膳はすでに片付けられましたよ」

と脱衣場からお鈴の声がした。

「えっ、夕餉なしか」

祥次郎が茫然自失した。

「致し方ありません。空腹で寝るのも望外川荘の修業のひとつです」

平然とした声音で駿太郎が言い放ち、一同が愕然とした。

悄然と望外川荘の囲炉裏端に行くと小籐次とおりょうが桃井道場の年少組一同を待ち受けていた。

「よう望外川荘にお出でになられました。駿太郎の母の赤目りょうです」

と挨拶されて初めておりょうに対面した年少組一同が茫然として言葉を失くした。

祥次郎は夕餉なしと聞いてから無言だった。

さすがに十五歳組の森尾繁次郎が、

「望外川荘にお招きに与《あず》かり、恐縮至極にございます。それがし、駿太郎どのに続いて元服致しました森尾繁次郎です」

と挨拶をすると一同が次々に自分の姓名を名乗り、無言を続ける岩代祥次郎に、

「おい、お頭、おまえ、挨拶の言葉も忘れたか」

と清水由之助が膝を突いて注意した。

「は、はい。わたくし、こたび、年少組を束ねることになりました」

「岩代祥次郎さんですね。駿太郎が世話になっております」

「いえ、世話になっておるのはわれらです」

と殊勝な言葉を祥次郎が告げたとき、囲炉裏のある板の間と座敷を仕切る板襖が娘たちの手で左右に開けられるとずらりと膳が並んでいた。

「ああ、夕餉があるぞ」

と祥次郎が喜びの声を上げて、

「ご一統、われらも待ちくたびれたわ。座敷に参り、望外川荘の夕餉を食そうか」

と小籐次が告げると一同から歓声が沸いた。

「駿ちゃん、夕餉なしは、あれ、嘘だったのか」

「いえ、真です。よく見てください。膳は十二しかありませんよ。お頭だけが夕餉なしです」

「嗚呼《ああ》ー」

と祥次郎が悲鳴を上げて、他の面々が膳の前についた。するとひとり悄然と囲炉裏の板の間に残っていた祥次郎に駿太郎が、

「この空いた席はどなたですか」

と手で後ろに隠れていた膳を差してみせた。年少組一同が、

「新しいお頭様の席」

と和し、祥次郎の顔が喜びに弾けた。

四

隠し階段から屋根裏部屋に入った桃井道場の面々は、種火をもった駿太郎が行灯三つに次々に火を灯していくと、

「おおー、ここが駿ちゃんの部屋か、でっかいな。八丁堀の同心屋敷より広くてさ、噂に聞く城中の白書院のようだぞ」

とか、

「おれ、こんな部屋があったら死んでもいい。そうだ、相撲だってとれそうだ」

などと訳の分からないことを言って興奮した。

「駿太郎、まるで道場のようだが、なんのための部屋なんだ」

と清水由之助が問うた。

「前の持ち主からの男衆の百助さんが季節によって使わない夜具や衣類、食い物を仕舞っていた、この部屋をつい最近思い出してくれたんです。それで道具を片付けて掃除をしてそれがしの部屋に使うことになりました。この広さゆえ、稽古だって出来そうですが、それがしが稽古をすると下の台所の板の間に音がして埃

が散り落ちるので、相撲も稽古も厳禁です」

「駿ちゃん、自分のさ、寝間で独り相撲や稽古をすることはあるまい。いいな、おれ、ここに住んでもいい」

と祥次郎が言い出した。

「お頭、それはご免こうむります。赤目駿太郎の隠し部屋ゆえ居心地がいいんです」

「でも、おれたち、もうこの隠し部屋を知っているぞ」

「時に須崎村を訪れて、ひと晩ふた晩泊っていくていどで我慢してください」

と駿太郎が祥次郎に願った。

「だけどさ、駿ちゃんの一家は望外川荘を何日も留守にするんだろ。おれがさ、留守番をしてやるよ。な、それだと、安心だろ」

「ご心配なく、森藩の家臣を始め、お梅さんの従兄の兵吉さんに祥次郎さんの兄上壮吾さんが見廻りにくるそうです」

「なに、兄者は隠し部屋を承知か」

「いえ、この隠し部屋を承知なのは桃井道場の年少組だけです」

元祖鼠小僧次郎吉こと子次郎が泊まっていたことを、駿太郎は、八丁堀の子弟たちに告げなかった。

「いいな、おれ、こんな部屋がほしい」

と嘉一もいい、広い板の間に敷かれた夜具の上に寝て、

「茅ぶき屋根の裏まで見えるぞ」

と言った。

駿太郎を含めて九人が五人と四人のふた組に分かれ、頭を接して話ができるようにそれぞれ好みの寝床に横になった。

一番端に寝場所を選んだ駿太郎が有明行灯を残して、ほかは消した。ほのかな灯りが隠し部屋の雰囲気を変えた。

駿太郎の隣には御家人の倅、猪谷俊介がいて、反対側では祥次郎が床の上で猫のようにごろごろと転がっていた。

「駿太郎さん、お尋ねしてようございますか」

八人のなかで唯一町奉行所の与力・同心の子弟ではない俊介が許しを乞うた。

「俊介さん、われらは鏡心明智流桃井道場の朋輩、おそらく生涯の仲間でしょう。どのようなことでも聞いてください」

「駿太郎さんの父上と母上は、実の両親ではないと、どなたかから聞きました。

真ですか」

「はい、赤目小籐次は養父、りょうは養母です。わが実の父上と母上は丹波篠山藩、ただ今の老中青山忠裕様の家臣でした。ゆえあって、それがしは赤目小籐次に赤子の折から育てられたのです。俊介さんは最近桃井道場に入門されたので、承知ではないかも知れませんが私どもただ今の一家三人で、丹波篠山を訪ね、実の父上の故郷を詣で、母上のお墓参りをして参りました」

「噂は真だったんだ」

俊介の言葉は赤目小籐次と実父須藤平八郎が戦い、ふたりの約定で赤子の駿太郎が小籐次の子になったことを暗示していた。

「俊介よ、駿太郎んちの一家は実の身内より結びつきの強い間柄だぞ。その諸々を知るには今晩ひと晩徹夜して話しても終わらぬわ」

と年少組を去ることになった清水由之助が言った。

「おれたち、紙問屋の久慈屋の仕事で高尾山薬王院に行ってさ、ひと月以上もいっしょに暮したからあれこれと承知なんだよ。俊介は入門したばかりで望外川荘に招かれるなんて幸運と思え」

と祥次郎が言った。

「祥次郎、おまえ、望外川荘を在所くさい田舎家と言わなかったか」

森尾繁次郎が蒸し返して問い、

「おお、茶室を差してこの小屋に赤目一家は住んでいるのかとも言ったな」

と吉三郎が応じた。

「へっへっへへ」

と笑った祥次郎が、

「在所くさい田舎家とかさ、あの池に突き出した小さな家が赤目家の屋敷といったのは冗談なんだよ。みんなを和ませようとしてのことだって分からないのか」

「いまさら虚言を弄するな」

と由之助につんと言われて、

「正直いうとな、望外川荘がどんな屋敷かおれ、知らなかったんだ。駿ちゃんがこんな広い隠し部屋を持っているなんてよ、ご免よ」

と詫びた。

「そんなことどうでもいいことです、気にしないでください」

と駿太郎が答えると、

「そうか、おれたちの間で大したことじゃないよな。ならばさ、赤目一家が旅している間、おれに留守番をさせてくれないかな」

と祥次郎が諦めきれないのか、また同じ懇願をした。

「祥次郎さんが留守番をするとなると兄者の壮吾さんが始終参られますよ」

「ああー、兄者は敵わん。うーむ、どうしたものかな」

と真面目に考え込んだ。

「八丁堀も大変ですね、お互い暮らしを承知しておられましょう」

と俊介が応じた。

「俊介、大変なのはおれの兄者なんだよ。おれにめちゃくちゃ厳しいんだ」

「承知です、きっと弟の祥次郎さんがかわいいからですよ。うちは姉と妹の間に私がいます。兄弟同士、道場で竹刀を交えるなど、羨ましいかぎりです」

「なに、俊介の家は女きょうだいか、妹はいくつだ」

「私と一つ違いの十二です」

「おい、美形か」

祥次郎の関心は望外川荘の留守番から猪谷家の妹に移っていた。

「私の顔立ちがこれですよ、美形のわけはありません」

と俊介が答えたが、駿太郎はきりりとした顔立ちだと思った。

「おれさ、猪谷家の姉妹を偶さか知っているんだ」

と言い出したのは森尾繁次郎だ。

「えっ、繁次郎さん、どうして御家人のうちなど承知なんですか」

「葭《よし》町に踊りの稽古に行ってないか、俊介の姉妹はさ」

葭町は俚名で正式には堀江六軒町、旧吉原だ。

「えっ、繁次郎さんの妹御も葭町の踊りの師匠のお弟子さんですか」

「妹ではない、姉だ。十八だがな、三つの折から葭町のお師匠さんの弟子だよ。その姉が猪谷姉妹は踊りの筋もいいし、顔立ちも整った娘だとおれに教えてくれたんだよ。おれも姉といっしょに鎧ノ渡し船に乗った折、俊介の姉と妹を見たぞ。美人だな」

と繁次郎が言い切った。

「おおー、おれも葭町の踊りの師匠に弟子入りしようかな。踊りとなると娘が多いよな。繁次郎さんの姉さんは、おっかないけど、俊介の妹なら優しくしてくれるかもしれないな」

「おい、祥次郎、おまえ、剣術から踊りに鞍替えか」

と嘉一が質した。

「剣術と踊りの二刀流ならばさ、かっこよくないか」

「祥次郎、おまえ、剣術を何年やっている」

「嘉一、おまえといっしょにアサリ河岸に入門したのを忘れたか。たしか八歳になったばかりで、入門したな」

「以来、六年、剣術の基すらできないのはおまえひとりだぞ。それがこんどは踊りだって、無理無理」

と嘉一が言い放ち、吉三郎も、

「お頭様、邪心があっては何事もひとつとして成就しませんぞ」

と嘉一に口を添えた。

「駿ちゃん、おれ、邪心なんてないよな」

と祥次郎が助けを求めた。

駿太郎はいつの間にかぐっすり眠り込んでいた。

「おれたちも邪心のかたまり、お頭様をおいて寝ようか」

と繁次郎がいい、両眼を閉じて、

「いいよな、望外川荘のこの隠し部屋」

と本音を漏らした。

「おまえ様、駿太郎の隠し部屋は賑やかなようですね」

「おお、同じ年頃の者同士、わいわいがやがやるのがなにより楽しいのよ」

と小籐次は森藩下屋敷の厩番の倅だった時代をふと思い出していた。


三河国旗本三枝家の所領の離れ屋付近に何百年と繁る老木を、網元の卯右衛門が承知していて楠と確かめられた。この楠の枝に床板が張り渡され、柱が六本立てられた。真ん中の二本の柱は高さ一間二尺、四隅の柱は一間一尺、屋根に勾配がつくようになっていた。床の広さは一間半四方ほどあった。その上に波平と与助と子次郎が古船の床材を釘で打ち付けていった。

海側を残して三方の板壁と屋根板を張り終えたとき、二日目の作業は終わった。

三人は西日に光る海を見た。

「おい、大したものだぞ、子次郎さんよ」

「考えた以上の木の小屋ができたな」

「ところで子次郎さんはよ、いつまで三河に逗留するんだよ」

「江戸の知り合いがこの地に逗留された折に相談して決める心算だ」

「江戸で名の知られた元祖鼠小僧次郎吉がいつまでも田舎くさい三河にいるのは似合わないよな」

「波平さん、おれが鼠小僧と承知なのは網元の親父様とおまえさん方だけだ」

「お姫様も老女のお比呂さんも承知だろうが」

「ああ、むろん承知だよ」

「で、こんど三河に立ち寄るという知り合いはおめえが鼠小僧と承知じゃないよな」

「いや、それがおれの正体をとくと知っておられるんだよ」

「おめえが鼠小僧って、結構な数の人間が承知じゃないか。江戸の知り合いってのが、役人なんて伴ってこねえよな」

「それはないな」

とはっきりと否定した子次郎が、

「ともかく明日の出来上がりが楽しみだな。難儀はこの小屋までどうやって上がってもらうかだ。眼が不じゆうなんだ、はしご段なんて無理だよな」

と子次郎が言った。

「おい、波平よ。お姫様は大して重くないよな、十一、二貫かね」

「そんなとこかね」

「ならばさ、あの太枝を見ねえ」

と屋根板を張った与助が老楠の枝を差した。

「おっ、滑車《せみ》を付けたか。滑車ならばお姫様くらい楽々小屋まで上げられるぞ」

と言ったものだ。


江戸の須崎村、望外川荘の野天道場。

駿太郎は長さ三尺五寸余、径の太い木刀で素振りをしていた。足腰を鍛えるための素振りだ。腕力で振り回すのではなかった。右足を前に左足を引いて腰を沈めて一打ごとに丁寧に虚空を叩いた。

急ぐ理由はなかった。

足腰が鍛え上げられれば、持久力も速度も得られた。

父親小籐次の流儀、来島水軍流は船上での剣術だ。揺れる船上でいかに対応できるかを左右するのがこの腰力の強さだ。そんなわけで小籐次の教えで毎朝、重い木刀の素振りをした。

半刻ほど素振りをしたとき、繁次郎、由之助の元服組と猪谷俊介が姿を見せた。

「眠れましたか」

と問いかける駿太郎の声音は平静だった。

「なんだ、その木刀は。えらく太くて長いな」

「前の研ぎ舟で櫓に使っていたものです、それを父上が木刀に仕立ててくれたのです。振ってみますか」

と三人の前に差し出した。

ふたりの元服組は躊躇《ちゅうちょ》したが、猪谷俊介は、

「お借りします」

と駿太郎から受け取り、

「うっ」

と呻いた。だが、決して重いとか長いとか口にしなかった。

「駿太郎さんはこの木刀であのようにゆったりとした動きで独り稽古をするのですか」

「はい、足腰を鍛えるためです」

俊介が両手でしっかりと木刀の柄《つか》を握り、上段にふり上げて振り下ろそうとした。

「俊介さん、お待ちなさい、それでは腰を傷めます」

と俊介の動きを止めると再び木刀を手にした。

駿太郎は蹲踞《そんきょ》してしばし瞑目した。両足を拡げて伸び上がりつつ左肩に木刀を立て、上体はまっすぐにして腰を沈めると虚空を打った。

三人の耳には虚空を打った音が聞こえたと思った。

そんなゆったりとした動作で重くて太い木刀を駿太郎は打ち続けた。

「こんな具合です」

と不意に動きを止めた駿太郎が言い、

「毎朝、かような素振りをどれほどの刻限するのかな」

と繁次郎が問うた。

「一刻ほど続けるときもありますが、ふだんは四半刻ほどやって真剣に替えて同じ間合いとかたちの素振りを続けます」

三人が黙り込んだ。

「どうしました」

「同じ元服組じゃが、われらが八人掛かっても太刀打ちできぬわけじゃ。天下の武人赤目小籐次の倅は、やはり並みの剣術家ではないぞ」

と由之助が呻くように言った。

そのとき、

「おい、朝稽古といえども、ちと早くないか」

と祥次郎の声がして五人が姿を見せた。

「お頭様のご登場です、これから望外川荘野天道場の朝稽古を本式に始めましょうか」

「おおー」

と呼応したのは五人組で、最前からこの場にいた三人は無言だった。

朝稽古のあと昼餉を兼ねた食事をし、ふたたび稽古を始めた。

駿太郎の稽古に最後まで曲がりなりにもついてこられたのは、桃井道場年少組を抜ける繁次郎と由之助、そして、新入りの猪谷俊介だった。

「おれな、年少組のお頭様を辞めたい」

と祥次郎がぼやいて、ふたりの元服組に竹刀の先でこつんと叩かれ、

「今ごろになって、なにを抜かす。遅いわ」

「祥次郎、この先、なにをなすか知らんが年少組を束ねていかねば、そなたの行く先はないと思え」

と最後の叱咤を浴びた。

お鈴とお夕が祥次郎の迷いを無言で見ていた。そして、だれもが通ってきた道だと考えていた。

三河の内海を見下ろす直参旗本三枝家所領の離れ屋付近に繋った老楠の木小屋が完成した。

太い枝に付けられた滑車を利用して、波平が帆布で造った袋状のものに腰をゆだねて薫子はゆっくりと小屋へと上がっていった。

小屋の一角に突き出た縁側で薫子姫を子次郎が両腕で抱き留めて迎え、下にいて綱を引いていた波平と与助が上がってきた。

男たち三人は眼下の内海を眺めた。

眼の不じゆうな薫子は木小屋に上がって以来、子次郎に身を託して両眼を瞑《つむ》っていた。

「姫様が毎日眺めている海だぜ。見てご覧なされ」

と子次郎が優しく話しかけると薫子がゆっくりとものが見えない眼を見開いた。

そして、しばし沈黙していたが、

「見えます、わたしの光る海が見えます」

と静かな中にも感動のこもった声音を発した。

「そうか、お姫様もおれたちが働く海が見えるか、美しいだろ」

と波平が尋ね返すと、

「わたしは江戸に居るとき、わずかに光の強弱を感じる程度でしたが、いまは三河の光る海と山並みがはっきりと感じられます」

「おお、よかったな」

と与助が応じて、薫子は、

「波平さん、与助さん、そして、子次郎さん、ありがとう」

と瞼を濡らしながら礼の言葉を述べ、ふたたび光る海にまなざしをやった。

子次郎の、波平の、与助の眼からも涙が零《こぼ》れてきて、西日にきらきらと輝いていた。

第五章　薫子との再会

一

卯月の末、赤目小籐次一家三人が三河の内海と、衣笠山の麓にある三枝家と思しき所領の陣屋を見下していた。

「ほう、ここが薫子姫のおられる地か、海と山を望んで美しいではないか。どうだな、おりょう」

「江戸より薫子様にはよきところかと思います」

駿太郎は、だだっ広いだけで荒れた感じの所領と陣屋を黙って眺めていた。そして、

（子次郎さんはよう頑張っておられる）

となんとなくそう思った。

「母上、この地に二月ほど暮らすことになります。大丈夫ですか」

「駿太郎、薫子様やお比呂さん、子次郎さんといっしょです。三河の海と山を眺めて、絵を描いたり、俳諧に興じたりしながら、おまえ様方ふたりの森藩からの帰りを待ちます」

「おりょう、長ければ三月後、おそらく二月少々の後にな、われら、摂津湊にて待っておる船でこの内海に入ってこよう。この地から江戸の佃島沖まで海路にて戻ろうぞ」

と小籐次が駿太郎もおりょうも知らぬ話を告げた。

「おまえ様、三河からの帰りは楽な船旅ですか」

「大番頭の観右衛門さんと話し合ってのう、復路は久慈屋関わりの船に乗せてもらうことにした」

駿太郎は、陣屋から離れて海を見下ろす場所に小体な茅葺き屋根があるのを認めた。薫子姫らが住むという離れ屋だろう。さらに離れ屋の左手の大木の枝の間に木小屋があるのを目にとめた。

木小屋から海に向かって突き出した手すり付きの板張りに遠目ながら薫子の姿

を駿太郎は見た。

「父上、母上、やはりわれらが見ているところが三枝家の所領と陣屋です。大きな木の上の小屋を見てくだされ」

と駿太郎に教えられたおりょうが、

「薫子様は、ようもあのような高い木の上に上られましたな」

というところに三人の男たちが加わって薫子を囲むようにして内海を眺め始めた。

「子次郎と仲間があの木小屋を造りおったか。見よ、薫子姫をあの高枝の小屋まで上げられるように釣瓶《つるべ》のような道具が見えぬか」

また滑車のついた枝は、船の帆柱と思しき長い柱でしっかりと支えられていた。

両眼の不じゆうな薫子を安全に木小屋に上がらせる工夫がされているのだ。

「父上、薫子様は帆布製の腰かけに座って木小屋に上がるようですね」

と応じた駿太郎が、

「薫子様、子次郎さん」

と叫んだ。

風に乗った駿太郎の声が届き、薫子らが赤目一家の立つ海沿いの街道を見上げた。

「赤目様、おりょう様、駿太郎さん、よう見えられましたな。ただ今、迎えに行きますよ」

子次郎が手を振りながら叫び返した。

「大丈夫、私どもがそちらに参ります」

一家三人は森藩の参勤下番の出立の十日前に江戸を出て、昨日、日本橋から三十四宿目の吉田（現在の豊橋）に着いた。そして、吉田宿の旅籠に一泊した。

今朝は五つ（午前八時）前後にゆっくりと旅籠を出立して、旅籠で教えられた市場や店で飲み物やら食べ物をあれこれと買い求め、江戸から駿太郎が背負ってきた大きな竹籠に入った江戸土産に吉田宿での買い物も加え、伊良湖岬に向かう脇街道を歩いてきたのだ。ただし酒と米は三枝家の離れ屋に届けるように願った。

三人の道中手形は老中青山忠裕の署名入りだ。なにより箱根の関所や大井川の越場などでは小籐次の顔が知られていた。ゆえに竹籠を背負った若侍と「出女」のおりょうも、なんの差し障りもなく通過してきた。

おりょうも身延山や丹波篠山の旅などいくつも経験していた。

こたびの三河行もおりょうの足に合わせて、ゆったりと一日に五、六里を目標に歩いてきた。

三人は旗本三枝家の陣屋の長屋門を潜《くぐ》った。

遠目にも察せられたように門も石を積んだ塀も手入れがなされておらず荒れ果てていた。

そのせいだろうか、陣屋の建物は人の気配もなくひっそり閑としていた。

「まずは主の三枝實貴どのに挨拶をと思うたが、薫子姫や老女のお比呂さんに会って様子を聞いてからでも遅くはあるまい」

と小籐次が判断し陣屋の離れ屋に向かった。

「おお、酔いどれ様におりょう様、それに駿太郎さんも息災のようだな」

と走り寄った子次郎が声をかけてきた。

「われらは元気です。子次郎さんも真っ黒な顔で江戸にいるときより精悍な感じです」

と駿太郎が応じて、小籐次が子次郎に、

「姫の世話で三河を離れられぬか。もっとも江戸に戻ってもそなたの名を騙るいかさま鼠小僧が跋扈《ばっこ》しておもしろくあるまい」

と話しかけた。

「ともかくよ、薫子姫に会ってくれよ」

との子次郎の言葉に三人は離れ屋に向かった。すると木小屋から下りた薫子らが離れ屋の前庭にいて赤目一家を迎えた。

人気のない母屋とは違い、離れ屋の周りには犬や猫や鶏やウサギまでいて、どの生き物ものんびりと暮らしていた。それを見た駿太郎は、三枝家の離れ屋には平穏な暮らしがあると思った。

漁師と思える若者ふたりに囲まれた薫子が江戸から訪れた赤目一家に歩み寄った。

「薫子様、りょうですよ。二月ほどこちらにお邪魔させてもらってようございますか」

とおりょうが事前に断ったことを改めて願った。

「お師匠様、二月といわず何年でも三河の海を見て暮らしてくださいまし」

と答えた薫子の声音が明るく弾んでいて顔色も元気そのものであった。

おりょうを薫子が師匠と呼んだのは、俳諧の手ほどきをしてくれたからだ。

「ふっふっふ」

と微笑んだおりょうが、

「わが主どのと駿太郎が留守をするのはおよそ二月から三月、それ以上は無理でございます。ともあれ薫子様が元気そうでなにより、りょうもほっと安堵しました」

と応じる姿を見た波平が子次郎の袖をひっぱり、

「おい、子次郎さんよ、江戸の知り合いの三人とはどんな間柄だ。破れ笠をかぶったしわくちゃのじい様にえらい綺麗な女人、背の高い若侍の関わりよ。ひょっとしたら鼠小僧の盗人仲間か」

と小声で聞いた。

だが、海上の離れた仲間の漁り舟同士で話す声音だ。しっかりと三人の耳にも届いた。

「おうおう、われら三人が元祖鼠小僧次郎吉こと子次郎の盗人仲間な、えらく持ち上げられたものだな、おりょう」

子次郎が三河では心を許した朋輩らにすでに己の正体を告げていることを知った小籐次が言い、おりょうも、

「わたくしも女盗人でございますか」

と質した。

「むろん三人の頭分じゃな」

と小籐次が答え、子次郎が、

「波平さん、江戸で一番の武人といえばだれか承知か」

と問うた。

しばらく考えていた波平が、

「おお、そりゃ、大酒飲みの酔いどれ小籐次様に決まっていようが。将軍様とも会ってよ、酒を酌み交わす間柄だという噂話が嘘か真か三河界隈でも飛んでおるぞ。ともかくよ、この三河でも酔いどれ小籐次様の『御鑓拝借』に始まる数多の武勇伝はよう知られているからな」

「ほうほう、わしの名が三河でな」

と小籐次が感嘆すると、

「じい様、おめえの話ではねえ、酔いどれ小籐次様の話だ」

と怒鳴り返した波平に子次郎が袖を引っ張り返し、

「波平さんよ、その酔いどれ小籐次様こと赤目小籐次様が、おまえさんの眼のまえのじい様と言っても信じないか」

と小声で言った。

「なんだと、子次郎め、こんな小さくて皺くちゃじい様が酔いどれ小籐次様のわけがあるめえが。天下の剣術遣いはよ、もっと若くてよ、大きな体よ。そうだな、この若侍くらいの体付きだが、この若い衆はいささか酔いどれ様には若すぎるな。鼠小僧の次郎吉、呆けたことをいっても三河じゃ通じないぞ」

と波平が言い放ち、

「じい様はともかく、女人はだれだ、若侍は何者だ」

とふたりを交互に見た。

「波平さん」

と薫子が声をかけて、

「子次郎さんの言葉は真ですよ。波平さんの眼のまえにおられるお方が天下一の武人赤目小籐次様、そのお隣が奥方のおりょう様、そして、若武者は嫡男の駿太郎様、つまり赤目一家のお三人ですよ」

と言い添えた。

破れ笠をかぶった小籐次の大顔を、じいっと見ていた波平が、

「ま、まさか、じ、じい様が赤目小籐次様なんて冗談、嘘だよな」

「いえ、本物の赤目小籐次様です。この薫子の恩人一家です」

と薫子が言い、

「お、おれ、信じられないよ、ほんととなればよ、三河漁師の波平、女も知らずして赤目小籐次様にく、首を斬られるのか。子次郎さんよ、薫子様よ」

と急に狼狽《ろうばい》した。

「赤目小籐次様一家は三人ともにお優しいお方ばかりです、波平さん、安心なされ」

と薫子が言い足し、未だ動揺を隠せない波平に、

「三河の漁師波平さんかな、薫子姫と子次郎さんが世話になっているようじゃな、このじいから礼を申す」

と小籐次が破れ笠の頭を下げた。

「はあー、お、おれ、知らなかったんだよ」

と未だ言い訳する波平に、

「波平さん、赤目小籐次の妻のりょうにございます。二月か三月こちらにお世話になります」

とおりょうも頭を下げ、

「それがし、倅の赤目駿太郎です。波平さん、母上がひとりこちらに逗留します

がよろしくお付き合いくださいまし」

と駿太郎が願った。

もはや波平は言葉がない。

「波平さん、与助さんよ、おれがいうことが分かったか」

と子次郎が質し、がくがくと波平が顎を上下させた。

与助は事情がさっぱり分からないのか終始無言だった。

そこへ老女のお比呂が姿を見せて、またひと頻《しき》り久闊《きゆうかつ》を叙した。

「その木の上の小屋、素敵ですね。皆さんで造られましたか」

駿太郎が話柄を変えた。

「海沿いの街道の上からでも分かったか。駿太郎さんのさ、望外川荘の隠し部屋とは比べようもないがな、あの小屋から見る三河の海は素晴らしいぞ。

小屋は漁師仲間のこのふたり、波平さんと与助さんが手伝ってくれてな、つい数日前に出来上がったばかりなんだよ。今日は網元の波平さんちから夜具を数組借りて小屋に上げたところさ」

「子次郎さん、それがしに木の上の小屋を見せてくれませんか」

駿太郎が背に負ってきた竹籠を離れ屋の縁側に下ろし、道中袴の腰に大小を差した身軽な格好になった。

「おい、子次郎さんよ、この駿太郎さんはあのじい様の倅にしては背が高いしよ、顔立ちも違うな、歳も孫みてえに離れてねえか。ああ、分かったぞ、おりょう様の前の亭主が早死にしてよ、赤目様と再婚した。つまりきれいな奥方様の連れ子か」

とようやく狼狽から脱した波平が楠の老樹に向かって歩きながら子次郎に質した。

「波平さんさ、赤目家にはあれこれと曰くがあるんだよ。一言二言で話せるものか」

と応じた子次郎が、

「駿太郎さんと赤目様は、どれほど滞在できるんだ」

と駿太郎に問うた。

「長くて四、五日でしょうか。西国のさる藩の参勤行列が吉田宿に投宿した折に、こちらに連絡《つなぎ》が入り摂津で落合うことになっています」

「波平さん、聞いたな。四、五日もあれば赤目家の間柄がなんとか説明できるぜ。でもな、波平さん、与助さん、明日から直に付き合ってさ、自分たちで、『おお、そうか。そういうつながりか』と得心するのが一番だがな」

「ふーん、そんなに厄介か」

「おい、子次郎さん、駿太郎さんはおれの頭二つほど大きくないか。歳はいくつだ」

と与助が聞いた。

「いいことを聞いてくれたな、与助さんよ」

と応じた子次郎が、

「駿太郎さん、いつ元服したんだ。おりゃ、最前、会ったとき、びっくりしたぜ」

駿太郎の月代の頭を見上げた。

「今年の正月十一日に祖父上が烏帽子親になって前髪を落としました」

「ということは駿太郎さん、十四歳になったか」

「はい」

子次郎が波平と与助を振り向き、

「十四歳の腰にある刀をだれから拝領したか、聞いたらぶっ魂消るぜ、波平さん」

「だれだよ」

駿太郎が止める間もなく、

「家斉様だよ、そう言って分からなければ上様、将軍様からの拝領の刀なんだぞ」

「そんなばかなことがあるか。おめえが元祖の鼠小僧ってのは、なんとなく信用してきたがよ、それはなかろうぜ。田原藩の三宅の殿様だってよ、将軍様にお目通りするのは難しいそうだぜ。それを十四歳の駿太郎さんが刀をもらったってか」

と波平が子次郎に文句をつけた。

「波平さん、そのとおりですよ。子次郎さんの嘘話に付き合っているより、木の上の小屋を見せてください」

駿太郎が老楠の下の問答を止めさせようとした。

「おお、波平さんの家は網元だ。船造りはできないけど大概の修繕はできるのよ。その上、大工見習だった与助さんが加わり、三人でおっ建てた小屋だぜ。見てくんな」

子次郎ら三人がするすると帆柱を使って登り、駿太郎も従った。

老木の上に建てられた小屋は、しっかりと丁寧に造られていた。四人の若者たちが小屋に入ってもひと揺れもしなかった。ささやかな神棚もあった。なにより三河の内海が黄金色に染まった光景は駿太郎を感動させた。

「言葉もありません」

正直な気持ちだった。

「離れ屋はさほど広くないだろ。で、おれの部屋を空ければおれが寝るとこがないしな、それでこの小屋を思い付いたんだ」

「望外川荘のそれがしの隠し部屋は本職の棟梁が造ったものです。それにそれがしと百助爺が少しだけ手を加えたのです。この小屋から見る三河の内海と対岸の陸影は、広大にして美しいです、こんな景色、見たことありませんよ」

「そうかそうか」

と子次郎が満足げに返事をして駿太郎の感想に納得した。

駿太郎は三河の内海に魅了されて凝視していた。その表情をみていた子次郎が、

「駿太郎さんよ、当人じゃねえからわからないことだけどさ、薫子姫の眼がな、光の強さ弱さだけではなくて、景色までうっすらと見えるようになったと思うんだ。おれたちがこの小屋から海を見て話しているとな、話についてこられるよう

になったんだ。ということは、なんとなく景色などが見えているんじゃないか」

「二、三日前、初めてこの小屋に上がったとき、『白い帆の船がいきますね』ともらしたよな。つくり話じゃないと思うけどな」

と波平も言った。

「それは凄い。で、当人に直に問われないのですか」

「それだ。おれたちが勝手にそう思っているとしたら、当人に聞くのは酷なような気がしてな、おりょう様とふたりで話しているときに聞くのが一番いいとおれは思って、聞かずにきたんだ」

駿太郎は沈思して、頷いた。

薫子の胸のうちをさらけ出すとしたら赤目りょうしかいないと思った。

「子次郎さんは心遣いの人ですね。改めてびっくりしました」

「こちらはいいほうの話かもしれないな。もう一つ話があるがいい話じゃ決してないぞ」

「なんですか」

「三枝家の屋敷の奉公人がどんどんと辞めていってな、ろくでもない男と女が四、五人残っているだけなのよ。それでいて殿様は銭もないのに酒ばかり一日じゅう飲んでいるのさ。もはやこの界隈の酒屋は陣屋にツケ売りなんてしない、銭を持ってこなきゃあ、売らないそうだ」

「そうですか、とうとうそこまで落ちられましたか」

「あれ、ほんとうの薫子様の父親か、大身旗本の殿様だったのか」

と波平がふたりの問答に加わった。

「そのことはわれらより波平さんや子次郎さんがよう承知でしょうが」

「おれが江戸でちらりと知る殿様はまだ徳川譜代の大身旗本の貫禄というか、かけらがあったよな。いまやそんなものなにもなしだ。お比呂さんが必死でよ、薫子様に知られることを阻んでおられるけどよ、いつまでもつかね。この陣屋を売り払いかねないぜ」

「そんな話があるのですか」

駿太郎の問いに子次郎が頷いた。

「となると譜代旗本もなにもありませんよ。薫子姫だって住む場所を失います」

「ということだ」

子次郎の返答にこちらは父の小籐次に相談するしかないな、と駿太郎は考えた。

四人の男たちは浜の家々に灯りが点るまで木小屋にいて宵闇の景色を眺めてい

た。

二

江戸・芝口橋の紙問屋久慈屋。

店仕舞いの刻限。

大番頭の観右衛門が若い主の昌右衛門に、

「旦那様、赤目様ご一行は三河に着いておりましょうな」

と話しかけた。昌右衛門は、

「大番頭さん、おりょう様も旅慣れておられます。必ずや薫子姫や子次郎さんと再会しております」

と言い切った。

「ですよね。今ごろ三河の景色を楽しんでおられましょうな。おりょう様は、ご隠居に次なる掛け軸の絵は三河の景色ですとの言葉を言い残していかれました。日中には絵筆をとりながら薫子様と楽しくお喋りをしておりましょう」

と観右衛門が言い、まだ訪ねたこともない三河の景色を思い浮かべようとしたが、頭にはなにも浮かばなかった。

三河国三枝家の陣屋の離れ屋では、赤目一家を迎えて湯が焚かれ、おりょうと薫子の女ふたりがまず入った。

離れ屋の風呂の薪は、子次郎が小屋を造った折に伐った木や余った古材を斧で適当に割ったものだ。

おりょうは湯に薫子と浸かり、

「なにやらわが娘といっしょに湯を楽しんでおるようです」

「わたしがおりょう様の娘ですか」

「駿太郎がわが倅ならば薫子様もわが娘」

「あり難いことです。娘ならばもはや様は要りません、母上」

と不じゆうな両眼をおりょうに向けた。

そのとき、行灯の灯りに浮かび上がる薫子の両眼が江戸にいるときより、生き生きしているようにおりょうは感じた。

「母上、波平さんと与助さんもこちらで夕餉をいっしょにしていいですよね」

駿太郎の声が脱衣場から聞こえた。

「こちらの主は、薫子様ですよ、駿太郎」

「薫子様の母親は、わが母ではないのですか。となると母上が、いえ、父上が主かな」

と駿太郎が首を捻った気配をふたりは感じた。

「あら、問答が聞こえたの。そうでしたね、お二人には薫子も子次郎さんも世話になっているようですし、お仲間もいっしょに賑やかに夕餉に致しましょうか」

「本日の菜は、波平さんと与助さんが獲ってきた鰹の造りです。包丁さばきは見事ですよ。研ぎはわたしがやりました」

「鰹のお造りですか、美味《おい》しそうだこと。薫子、湯を私どもふたりが独占しているのはいけません。わが主どのがお酒を一段と美味しく頂けるように私どもは湯から上がり、交代しましょうか」

とおりょうと薫子のにわか親子が湯船から上がった。

赤目一家が三河に着いて最初の夕餉は、漁師の波平と与助が船上でのまかない料理のように手早く調理したものがあれこれと並んでいた。

駿太郎が江戸から背負ってきた土産は、まだ薫子に渡されてはいなかった。明日のんびりとした折におりょうが披露することになっていた。

「姫、驚きましたよ。田原城下の酒屋から四斗樽が、米屋からは一俵が離れ屋に届けられました」

と老女のお比呂が薫子に言った。

「おや、うちにさような金子の余裕がございましたか」

三河に来て内所まで気にかけるようになった薫子が質した。

「いえ、そうではございません。赤目様ご一家がこちらに立ち寄られる前に田原城下の酒屋や米屋でお買い求めになったものです。その折り、酒屋や米屋の男衆が、三枝家の陣屋にはツケ売りはできない。現金買いとなれば、夕餉までに離れ屋へ必ず届けるといったそうです」

「三枝の殿様もいっしょに酒が飲めるとよいがな」

と小籐次が思わずもらし、

「父は離れ屋に呼んではなりませぬ。もはや尋常なお酒の飲み方でも生き方でもありません」

と薫子が悲し気な口調で言い添えた。

「おい、子次郎さんよ、おまえ、いい知り合いがいるよな。薫子様といい、酔いどれ様一家といい、盗人には勿体《もったい》ないや」

と波平がいい、

「盗人にもいい盗人と悪い盗人がいるということよ」

と子次郎が応じて小籐次に、

「赤目様、四斗樽は台所に鎮座しておりますがね、こちらの座敷に持ち込むのは大仰だよね。貧乏徳利に酒を注ぎ分けてこちらに持ってきていいかね。それとも四斗樽をこちらに運び込んで、大杯で飲まれるか」

「子次郎、一斗五升を飲んだのは昔の話よ。いまやおりょうとな、囲炉裏端で一合五勺か二合ほどの量をちびちびとな、ゆっくりと楽しんでおるわ。貧乏徳利に注いでこよ、みなで再会を祝して飲もうではないか」

と告げると子次郎と与助が台所に向かい、老女のお比呂が、

「赤目様、離れ屋に盃は人数分ございませんよ」

「男衆の五人は茶碗でよかろう」

「ならば女衆の分は盃があります」

とお比呂も台所へと立ち上がっていった。

「おい、子次郎、酔いどれ様は冗談好きだな」

波平が台所の子次郎に質した。

未だ波平は酔いどれ小籐次と評判の赤目小籐次にどう対応していいか、迷っているようで直には話しかけられなかった。

「冗談ってなんだよ」

「いくら異名が酔いどれ小籐次様でもよ、一斗五升、つまり十五升もの酒が飲めるものか。たいていの漁師は大酒飲みだがよ、祭礼のときに一升酒を飲むやつが何人かいるくれえだ。それを一斗五升だと、冗談だよな」

「本気にしてないか、その話」

「えっ、真のことか」

波平はもくず蟹《がに》もどきの大顔の小籐次を改めて見て、おりょうが真の奥方様だろうかとも考えた。

「昔の話よ、おりょうと知り合う前、駿太郎は生まれていないころのことじゃ。江戸の万八楼という茶屋で、大酒・大食いの催しがあってな、その折に一斗五升を飲んで帰り道に二晩もお墓で眠り込む無様をなしたことがあったわ。今となっては思い出したくもない愚かな行いよ」

しばし波平は黙り込み、

「赤目のじい様よ、当然大酒飲みの一番だよな」

「ところがわしよりも四升ほど多く飲まれた鯉屋利兵衛《こいやりへえ》さんという三十歳のお方がおってな。そのお方が褒賞金五両を手にされた、二番目のわしは二両を頂戴したな。そういえば鯉屋利兵衛さんはどうしておられるかのう」

と最後は、大酒飲みの優勝者に想いを馳せた。

「呆れた」

と波平が呟いた。

子次郎と与助が貧乏徳利に酒を注いできて、人数分の盃と茶碗に注いだ。駿太郎も茶碗の底に少しだけ酒をもらった。

「母上、父上、ようも三河の所領にお出でになりました。これほどうれしい日はございません」

と薫子が挨拶し、

「なに、われら、薫子姫の父と母になったか」

「はい、お風呂のなかで母上と薫子様が話し合われて、父と母に新たに娘ができました。それがしの姉様でもございます」

と駿太郎がその経緯を述べた。

「ふっふっふ、なんともうれしくも目出度いことではないか。のう、おりょう」

「はい。これほど慶賀な話はございません」

「待ってくださいよ」

と波平が口を挟んだ。

「姫の親父様は陣屋の殿様だよな。でよ、酔いどれ小籐次様が親父様にとって代わったのか。それとも姫様にはふたり、親父がいるのか」

「波平さん、血が繋がっていないと親子ではないと言われますか」

「まあな」

「それがしにも実の父と母がおられましたよ。あれこれと事情がございまして、駿太郎は赤子の折に酔いどれ小籐次の子になりました」

「ふーむ、薫子姫の実の親父は飲んべえでよ、二番目の親父も一斗五升の酔いどれ小籐次様か、姫の父親ふたりとも酒好きだぞ」

「かわいいお酒飲みもおられれば、酔いどれ小籐次様のように天下に名を馳せたお酒飲みもおられます。わが実父は、酒に飲まれた悪しきお酒飲みです」

と悲し気な顔の薫子が気分を変えるように手の盃を顔の前に上げ、

「赤目様、おりょう様、駿太郎さん、よう三河にお出でになられました」

と改めて歓迎の辞を述べた。

「初顔もおるがなんとも嬉しき宵じゃな」

と応じてその場の八人が盃や茶碗の酒に口をつけた。

一番先に茶碗を下ろしたのは駿太郎だ。

「駿太郎さんは相変わらず酒はダメか」

と子次郎が尋ねた。

「父から受け継がなくてよいものがお酒です。皆さん、お好きなようにお酒を楽しんでください」

と駿太郎がもらした。

「よいよい、駿太郎もな、大人になれば酒の味が分かる折がこよう。のう、おりょう」

「さあてどうでございましょう。りょうは赤目小籐次に出会うて、お酒の美味を覚えました。されどそういう人ばかりではございますまい」

「そうだよな、駿太郎さんはまだ十四歳だもんな」

と得心した波平が、

「三河の外海で獲った鰹を好きなだけ食べなよ」

「はい、そうさせてもらいます」

と応じた駿太郎がさっさと飯櫃《めしびつ》の前に向かった。

お比呂が慌てて杓文字《しゃもじ》をとろうとしたが、

「お比呂さん、それがし、どんぶり飯ですから自分で装《よそ》うのが一番いいのです」

とてんこ盛に飯をついだ。

なんとも楽しい夕餉が遅くまで続いた。


子次郎が波平と与助を送っていったあと、駿太郎は小屋に寝ると言って提灯を手にした。

「母上、父上、それがしも子次郎さんの小屋に泊めてもらいます。離れ屋で姉上とお比呂さんと四人で寝てください」

「駿太郎は何百年もの楠の老樹に造られた小屋が好きか」

「はい、父上。母上、あの小屋からの三河の内海の景色は絶景ですよ。明日の夕暮れ、薫子様といっしょにご覧になってください」

「そうさせてもらいましょう」

とおりょうが応じた。

「父上、望外川荘の隠し部屋には子次郎さんが時折どこからともなく忍び込んできて寝ていましたね。三河では駿太郎が木小屋にお邪魔いたします」

「好きにせよ」

駿太郎が木小屋に上がるとすでに子次郎がいて、行灯の灯りが船材で造られた小屋の内部を浮かばせていた。さほど広くはないが、

「男でも三人や四人は泊まれますね」

「おお、波平さんと与助さんのふたりは船の修繕の技をもっておるでな。それに縄がらみが上手なんだ、さすがの元祖鼠小僧も縄がらみは敵わないわ」

と子次郎が嘆息した。

「薫子様はよきところに引っ越されました」

「駿太郎さんよ、そのことよ」

と子次郎が夜具の上に腰を下ろした。

「なんぞございますか」

と駿太郎も大小を外して子次郎の前に座した。

「さっき三枝の殿様の行状について駿太郎さんに話したたな。あの殿様の行いはあ

んなもんじゃないぞ」

「と申されますと子次郎さんは他に承知ですか」

「陣屋にな、この土地の者がひとり奉公している、それもつい最近な。波平さんも与助さんもその者について触れたがらないが、もとは田原藩三宅家の中間頭だったそうでな、三九郎《さくろう》って名だ。駿太郎さんたちは田原城下に立ち寄ってこの陣屋に来たんだよな。見たよな、どんな風か、城下がさ」

「城下ですか、口にするのも憚られるようですが、全く活気がございませんでした。私ども、酒屋や米屋を探すのに苦労したのは、人の往来も少なく賑わいも感じられなかったからです」

「だろう、江戸は景気が悪いといっても比べものにならないよな。在所の小名がこれほどとはこっちにきておれは初めて知ったんだ、駿太郎さん」

と子次郎が言った。

駿太郎は江戸からの道中、田原藩について父から話を聞いていた。

一万二千石の田原藩は、小籐次と駿太郎が向かう豊後の森藩とさほど変りなかった。だが、同じ小名でも三河国挙母《ころも》から入封した三宅家は代々家康の一字を受け継ぐ譜代名家であり、小名ながら城持大名で、藩士の数も多かった。さりながら一方で拝領地は三河の内海に面した瘦せ地であり、野分や塩害にも長年悩まされていたという。

父の小籐次は、

「わしの推量に過ぎんがな、田原藩の殿様は譜代としての大らかさと所領は貧困という二面をとくと承知のお方ではなかろうか」

と駿太郎に説明した。

当代の三宅備前守康明《やすてる》は文政六年七月九日に襲封し、年齢は二十八歳とか。これら当代藩主の人柄や知識は、小籐次が老中青山忠裕の密偵中田新八とおしんから江戸を出る前に得たものだろう。それを駿太郎は父から道々聞いていた。

「田原藩三宅家の城下や三枝家の所領は見てのとおり、瘦せ地よ。米は六か村で辛うじてつくられていると聞いたな。田原藩の特産が薪というんだぜ、呆れてものがいえないや」

と子次郎がこの地に来て聞き知った話を駿太郎に告げ、

「ここんところな、田原藩の城下にツケ火が流行《はや》ってたんだと」

「ツケ火ですか。景気の悪いのもそのせいですか」

「なんともいえないが大火事になったら田原藩は踏んだり蹴ったりだぞ」

と言い添えた。

「その元田原藩の中間頭の三九郎さんがどうかしたのですか。それが三枝家に関わりがあるのですか」

「ある」と言い切った子次郎が、

「こんな貧乏大名の城下にはな、ツケ火の他なにが流行ると思う、駿太郎さんさ」

「さあてなんでしょう」

「譜代大名の薪蔵なんぞを借りての博奕、賭場さ」

「お金のない城下に賭場ですか」

「そして、三九郎が三枝の殿様を田原城下の薪蔵の一つ、加治木の弁松の博奕場に誘い込んだんだよ。二月も前かね」

「だって酒代にも困っておいででしょうが」

「おお、そんな殿様を賭場に誘い込んで遊ばせた。三枝家の陣屋にも賭場を開けば、飲み代なんていくらでも稼げるという三九郎の甘い言葉に騙されて殿様は弁松の博奕場を訪れた。賭場ではよ、ド素人の三枝の殿様を最初は儲けさせて、あとはお定まりの負け続きの大損で所領の沽券《こけん》を差し出させたが、加治木の弁松に『あんな貧乏たらしい陣屋は要らない』と鼻で笑われたのさ」

「子次郎さん、どうしてそんなことを」

「承知というのか。幾たびか三枝の殿様を三九郎が連れ出すのを尾《つ》けてさ、博奕場の天井裏から見ていたからおおよそ察せられたのさ。まあ、わっしの考えはそう間違ってないと思うがね」

しばし沈思した駿太郎が、

「旗本の所領や陣屋って売り買いできるのですか」

「江戸と違って三河の在所だぜ。旗本の所領の名義なんて容易く変えられるのさ。といってもこの所領はやつらに使い道はない。辺りに銭を持った人間がいないや」

「ちょっと待って下さい。薫子姫様の暮らしはどうなるのですか」

「そこだよ、おれが赤目小籐次様と駿太郎さんの到来を心待ちにしていたのはさ、この一件があったからだ」

「父上とそれがしは三、四日しかこの地に居ることはできませんよ」

「いいかえ、加治木の弁松と三九郎の狙いはこの所領だけではない。あとになにが残るな、駿太郎さんさ」

長い刻限、駿太郎は沈思し、まさか、と呟いた。

「そのまさかよ、弁松と三九郎は薫子姫を京あたりに売ろうと企んでいるのさ。親父の殿様は賭場の借財がある、どうにも身動きがつかない」

江戸で薫子を高家肝煎《きもいり》の側室に売ろうとしたのは実父の三枝實貴だった。こんどもまた父親が絡んでの話だった。

駿太郎は思いもよらなかった。

「おりゃ、そんなことならば、この所領からどこぞに姫様を連れ出すぜ。あやつらの毒牙にかかったり、銭のために分限者の妾に売られたりなんて話は、江戸でのあの一件でおしめえかと思っていたぜ。明日、赤目様に相談していいか、駿太郎さんよ」

「まさかこんな話が待っていたなんて」

と独りごちた駿太郎は、

「三枝の殿様は陣屋におられますか」

「いや、三九郎に誘われて、『娘三枝薫子を譲渡致し候』なる証文を懐にそろそろ出かけるころだぜ。今晩が賭場にいく最後の機会よ。殿様は姫様を譲り渡す書付を渡したら、明日の朝にも三河の内海に浮かぶな」

と子次郎は言った。

「子次郎さん、なぜ、私どもが来た夜にかような企てが起こるのですか。都合がよすぎませんか」

「駿太郎さん、わっしが元祖の鼠小僧次郎吉だってのをお忘れか。わっしが三九郎と懇《ねんご》ろになって今晩の仕掛けをしたのよ」

と子次郎が平然と言い切り、

「薫子姫を京などに売り渡してなるものですか」

と断言した駿太郎が、傍らに置いた大小に手を伸ばした。

三

翌早朝、駿太郎と子次郎は、小籐次を木小屋に招いた。木小屋に上がった小籐次は、

「おお、絶景かな絶景かな」

と漏らすとしばし無言で三河の内海を眺めていたが、不意にふたりに向き直っ

て、

「そなたら、木小屋で眠っておらぬな。なにがあった」

とふたりの顔を見て質した。

駿太郎が子次郎から聞き知った話を告げて、賭場に出かける三枝實貴と三九郎のふたりを尾行したことを言い添えた。

「賭場へ行く途中のふたりを阻んだか」

「いいえ、それではなにも事態が変わりませぬ。ゆえにふたりを田原藩城下の加治木の弁松の賭場に上がらせました」

「となると、そなたが申す薫子姫を譲渡する書付が向こうに渡ったことにならぬか」

「はい、渡りました」

と子次郎がいい、

「薫子姫の父御は賭場に加わって最後の大勝負を許されて、例に違わず大負けに負けたそうです」

と駿太郎が言い添えた。

「では、この所領も陣屋も薫子姫も相手方のものになったか」

「いったんは」

と鼠小僧次郎吉こと子次郎がいい、懐から三枝實貴が認めた陣屋を売り払うという書付や賭場で負けた折に書いた沢山の借用書、薫子を譲渡するとの書付を出してみせた。陣屋売り払いの書付には、

「旗本寄合席三枝豊前守實貴」

とあり、花押まで記されていた。間違いなく三枝實貴が認めた証文だった。

「ほう、賭場の胴元が手元に抱えておるはずの銭箱から、この証文を盗んできおったか。さすがは鼠小僧次郎吉、未だ業前は衰えてないのう。どのような手妻を使ったな」

と小籐次が感心した。

「駿太郎さんに手伝ってもらい、庭先で焚火をしましてね、『火事だ』と叫んでもらった騒ぎの隙にちょいと」

「銭箱から頂戴して参ったか」

へえ、と返事をした子次郎の顔に不安があった。

「火事騒ぎがいたずらと分かったあと、銭箱から書付や借用書が紛失していることが分かり、三枝の殿様が弁松の賭場のある薪蔵の地下牢に押し込められました、

父上」

駿太郎が不安の曰くを説明した。

「なんじゃと。それは自業自得であろうが、新たな書付を弁松らが強引に三枝の殿様に書かせたらどうなるな。そなたら、そこまで推量して動いておろう」

小籐次の問いにふたりは黙り込んだ。

長い沈黙のあと、駿太郎が、

「父上、とはいえ何があろうと三枝の殿様は薫子姫の父御にございます。なんとか殿様を助け出すことが肝心です、薫子姫が離れ屋に残って平穏に暮らしていける方策を考えて頂けませぬか」

と願った。

「公儀が許した拝領地を勝手に他人に、それも賭場を催すやくざ者に譲るなど直参旗本が為していいわけもない」

「この地に住めないとなると薫子様も母上の身にも差し障りがございましょう。そこをなんとか」

と駿太郎の懸念の言葉に、

「駿太郎、そなたら、すでに腹案があるのではないか」

と質した。

「はい、ございます」

「いうてみよ」

「こればかりは父上にしかできません。出来ることなれば父上が田原のお城を訪ねられて」

と口を途中で噤《つぐ》んだ。

父の助勢を願わざるをえなくなったのは自分たちの独断の結果と駿太郎は承知していた、ゆえに躊躇ったのだろう。倅の懸念を見た小藤次が、

「なに、そなた、このわしに藩主三宅康明様にお会いしろと申すか」

「はい」

しばし沈思していた小籐次が自分を得心させるように頷き、

「駿太郎、そなたが供をせよ。子次郎は離れ屋を守れ」

と命じたあと、

「よいか、わしが三宅康明様に面会ができた暁には、こちらに駿太郎を使いに出す。その折は」

と小籐次がある策を授けた、

「畏まりました」

と子次郎が答えた。

小籐次は次直を裁着袴《たつつけばかま》の腰に差し、破れ笠を被った姿で駿太郎を伴い、満潮時に巴紋の形に城が海面で囲まれることから、巴江城《はこうじよう》とも呼ばれる田原城に向かった。

三河国渥美半島にあって田原を中心に二十か村余の農漁村を領有した譜代小名の城の大手門（桜門）がまずふたりの親子を迎えた。

昨日、三枝家の所領にいく折に酒や米を購《あがな》うためにいささか寂しげな城下を歩いたが、田原城はとくと見物していなかった。ただ空堀のへりを歩いただけだ。

大手門で小籐次が名乗ると、門番の若い家臣が、

「赤目小籐次と申されると数多の功《いさお》しで名高い酔いどれ小籐次様にございますか」

と質した。

「さような異名で呼ばれることもあるな。それがしの懐にはさる老中の道中手形がある、殿様にはお見せ致す」

というと若侍はすぐに奥へと通してくれた。そこで土橋を渡り、三の丸、二の

丸を横目に家臣の案内で進み、本丸に案内された。本丸の格子門内で初めて用人と思しき年寄りに老中青山忠裕の道中手形と書付を提示するとちらりと見ただけで、

「それがし、江戸におったときそなたを芝口橋で見かけたことがある、確かに酔いどれ小籐次どのじゃ。それがし、用人島田正右衛門にござる」

と名乗った。

小籐次と駿太郎は即座に奥へと通された。

「おお、よう参られた。赤目小籐次どの」

康明はにこやかに親子を迎えてくれた。

その場に国家老の村上翔左《しょうざ》と島田用人が同席した。

「殿様は、このもくず蟹の如き大顔をご存じでござるか。それは有難い、突然約定もなくお訪ねしたことをお詫び致す。いささか藩主三宅康明様に願いの筋ありて伺い申した」

「何なりと申せ」

と康明が即答したが、

「赤目どの、前もってひとつだけお伺いしておきたい。この面会、老中青山様が

関わりあるものか」

と国家老村上が胸中の懸念を質した。

「ただ今のところ青山様はなにもご存じござらぬ。田原藩に所領が隣接しておる旗本の三枝實貴様について殿様にお願いしたい儀がござって、かように親子で伺った次第でござる」

老中青山忠裕の助勢を密やかに赤目小籐次がなし、上様もそのことを黙認していることは今や江戸城中では知られていた。それは江戸へ赴くことのない国家老までが承知で、ゆえに父子は康明と速やかに会うことが叶ったが、用件に入る前に村上が小籐次に質した理由でもある。

「おお、三枝様と赤目小籐次どのは付き合いがござるか」

島田用人が複雑な表情を見せて尋ねた。

「いや、それがしは三枝様と付き合いはござらぬ。ある曰くから娘御の薫子姫とわが一家は昵懇の間柄でな、こたびそれがしの旧藩豊後森藩に久留島の殿様の命で下国する折にこちらに挨拶に立ち寄った次第にござる」

小籐次の言葉に一座が安堵の気配を見せた。島田用人が駿太郎に視線を移して、

「この若武者が上様の前で来島水軍流を披露した子息かな」

と駿太郎に関心を寄せた。

「赤目駿太郎平次にございます」

康明ら主従三人に両手をついて駿太郎が改めて頭を下げ、名乗った。

「携えられた一剣は上様からの拝領の刀にござろうか」

島田用人はさらに好奇心を見せて問うた。それに対して駿太郎はただ首肯した。

藩主の康明は、にこにこと笑顔で問答を聞いていた。その様子を見て、小籐次は聡明な顔立ちをし、表情も落ち着いていることに感心した。

小籐次と康明が視線を交わらせた。

「赤目小籐次どの、駿太郎どの、ようわが領地に参られた。用向きを聞こうか」

と単刀直入に用件に入るように藩主が迫った。

「駿太郎、そなたが康明様にこれまでの経緯をお話し申せ」

と小籐次が命じ、駿太郎が手際よくありのままの事情を告げた。

駿太郎の説明を聞いた国家老村上が、ふうっ、と吐息を思わずなした。用人も困惑の体だった。若い藩主にとっても初めて聞く事態と思えた。

「ご家老、なんぞご懸念がおありか」

「赤目どの、念押しいたす。この一件、老中青山様に関わりござらぬな」

「最前も申したが青山様は一切ご存じない。われら、数日前に三枝家の所領に来て承知したこと。決して田原藩のおためにならぬことはしとうない」

と言い切った。

それを聞いた康明が、

「村上、酔いどれ小籐次どののこれまでの数多の功し、いろいろと聞かされておる。われらにとって悪しきことをなさるお方とは到底思えぬ。忌憚なき話を聞いて、できることなら助勢致せ」

と命じた。その上で、

「村上、島田、加治木の弁松なる者が当家の薪蔵の一つを使い、賭場を開いていることは予の耳にも入っておる。当家の内所が苦しいため賭場の上がりをなにがしか当家の勘定方に入れることで目こぼししておることも、それがそなたら重臣の苦渋の判断だということも察しておる。されど三枝どのをそこまで追い詰めておるとは、予は知らなかった。赤目どの、どうなさるお心算か」

と康明が素直に質した。

「三枝家の所領と陣屋をやくざ者の加治木の弁松に博奕のカタに渡すなど旗本の所業として許せませぬ。その上、一人娘の薫子様をどこぞに売り渡そうなど、赤目小籐次、見過ごすわけには参りませぬ」

江戸でも同じようなことを三枝が行おうとしたことは、この場では告げなかった。

「で、ござろうな」

と康明が応じた。

「薫子姫はこの三河に参り、江戸におるときより楽しげに過ごしておられる。なんとか所領を残し、それがし、薫子様にこの三河での暮らしを続けさせとうござる。そのために青山老中の力を借りることも考えており申す。むろんその折は事前に康明様方に相談致します。田原藩にご迷惑がかかるような真似は、赤目小籐次、決して致しませぬ」

と小籐次は田原藩の危惧について、こう繰り返して弁明した。

「ということは加治木の弁松一家とぶつかることになるな。あやつの用心棒の剣客磯子《いそご》五丈《ごじょう》は、柳生新陰流の遣い手、形ばかりじゃが田原藩の藩道場の主として力を振るっておる。正直申して当家の家臣には磯子五丈に太刀打ちできる者がおらぬ。また、殿が申されたように賭場の上がりの一部が当家にはもはや必要欠くべからざる金子にござってな」

と国家老の村上が譜代小名の苦衷を述べ、

「なんぞ知恵はござらぬか」

と小籐次に質した。

「駿太郎、そなた、薫子姫をこちらにお連れせよ。この話、薫子様を交えて話したいのだがな。康明様、宜しゅうござろうか」

「三枝薫子様を城に呼びたいと言われますか」

と若い藩主が関心を示した。

「父親と娘は実の親子ながら全く暮らし方も考えも違い申す。そのことを康明様に見て頂きたいだけにござる。このこと、後々田原藩、あるいは三宅康明様にとって悪しきことにはなるまいと思う」

と小籐次が言い切った。

三宅康明が大きく頷き、

「天下の武人赤目小籐次どのの言を信じて、われらもともに動こうではないか」

と応じた。

駿太郎が出ていき、藩主の康明、国家老の村上、用人の島田、そして小籐次の四人となって、田原藩にとって公にしたくない加治木の弁松の賭場の扱いが話し合われた。

一刻後、駿太郎は三枝薫子を伴い、田原藩本丸に戻ってきた。駿太郎に手を引かれてきた薫子を三人の主従は訝しそうに見た。駿太郎が、

「薫子様、田原藩藩主三宅康明様のご面前にございます」

と小声で告げると、薫子が上段に座す康明に体を向けてその場に端然とした動作で座し、

「康明様、三枝薫子にございます」

と涼やかな声音で挨拶した。

「よう、参られた、薫子姫」

と返礼した康明がちらりと駿太郎を見た。その表情は、薫子の眼が不じゆうかと聞いていた。

「康明様、薫子様は江戸におられるとき、両眼がほとんど見えなかったそうです。この三河にきて、内海を見ているうちにだんだんと光の強弱が感じられるようになったとか、いまでは海を行く船を眼で追っておられます」

「康明、驚き申した。まさか三枝家の姫の眼が不じゆうとは努々考えもしなんだ。

もし三河の風土が姫の眼によいというのであれば、いつまでも三河にお住まいなされ」

と言い切った。

「それはどうでしょうか。されど」

と言葉を薫子が止めた。

「されど、どうなされた」

「薫子は康明様のお顔が見とう存じます」

「予の顔が見たいですと、がっかりなさるかもしれませんな」

と康明が笑みの顔で応じて、

「康明様、薫子は両眼がはっきりと見えなくとも声音や言葉遣いでそのお方の気性や顔立ちが推測できます」

「ほう、予の諸々が推量できますか」

「はい。明晰明敏なお顔のお方です。どうですか、駿太郎さん」

と薫子が駿太郎に問いを振った。

「仰るとおり、若いそれがしが申し上げるのもなんですが、ほれぼれとするご容姿にあらせられます」

と正直に答えた。

「ふっふっふ」

と康明が嬉し気に破顔した。

康明は、子次郎がそうであったように薫子と一瞬にしてお互いの気持ちを察し合った。小籐次も駿太郎も康明と会った瞬間、互いに話が通じる人物と感じていた。そこで小籐次は康明と薫子のふたりを会わせてみようと考えていた策を実行に移したのだ。

そのとき、廊下に人の気配がして島田用人が呼ばれた。しばし話し合っていたが、小籐次が島田用人から手招かれた。三人が続けて話し合っている間も、康明と薫子のふたりは、時折駿太郎を交えて江戸の話で談笑していた。

小籐次が戻ってきて、駿太郎に、

「用人どのの指示に従え」

とだけ命じた。

首肯した駿太郎が康明に退出の挨拶をしようとしたが、ふたりは話に夢中で駿太郎の退出に気付かない風だった。

田原城の西、片浜より北へ一里ほどに姫島なる無人島があった。周りは一里、高いところで二百余尺、東西に長い楕円形をした小島には田原藩の馬が放牧されていた。

赤目駿太郎が田原藩の中目付猪木一太郎と御馬役の飛田左兵衛に藩の舟に乗せられて出ていこうとしたとき、

「駿太郎さん、わっしも乗せてもらえませんかね」

と子次郎が姿を見せて駿太郎に願った。

「猪木様、子次郎さんは旗本三枝家の男衆でございます。それがしより三枝の殿様についてよう承知です。同行できませぬか」

と乞うと、片浜まで同道した島田用人が中目付に許しを与えた。そんなわけで四人を乗せた田原藩の舟は姫島に向けられた。

駿太郎は、島田用人からうちの中目付に同道してほしいとだけ命じられ片浜に連れてこられたのだ。なんのために沖合の小島に向かうか、分からなかった。

浜から一丁ほど沖合に出た折、子次郎が、

「どうも加治木の弁松の薪蔵にとっ捉まっている三枝の殿様の姿が見えないのでございますよ」

と小声で伝えた。子次郎の囁きを吟味した駿太郎は、沖合の姫島を見た。

四半刻ほどのち、馬の群れがのどかに憩う姫島の浜に何人かの漁師や役人らしき姿が見えてきた。その場所だけに死のにおいが漂っていた。

「どうやら子次郎さんの勘があたりましたね」

「加治木の弁松の用心棒にして田原藩の藩道場の主磯子五丈は、柳生新陰流の奥義を極めたというておりますが、人を殺《あや》める折は、杖に見せた細身の直剣で顎の下を一突きして殺すそうな。そして、拵えのえらく派手な大刀は村正《むらまさ》と自慢しておるそうです」

子次郎が説明した。

「村正、ですか」

と駿太郎が応じたとき、舟が浜に乗り上げ、中目付の猪木が真っ先に浜へと飛び降り、羽織を着た骸に歩み寄った。子次郎が舟に座したまま、

「ありゃ、三枝の殿様に間違いないや」

と呟いた。

そのとき、駿太郎は骸の喉元に細身の直剣が突き立っているのを確かめた。

四

文化七年（一八一〇）九月に藩儒医萱生玄順《かやおげんじゅん》の献策にて藩校成章館が創立されたが、田原藩城中に家臣たちが武術の修業をなす藩道場はない。されど大手門の内側に町道場に毛の生えた程度の道場らしき建物があった。

藩の主たる剣術の流儀は直心流だ。近ごろでは、そんな道場を柳生新陰流の免許皆伝を自称する磯子五丈が主導していた。

この日、磯子の指導日ではないにもかかわらず、格別に藩主三宅康明の命で磯子が呼ばれた。

家臣の門弟たちもいつも以上に多く参加していた。

磯子は直心流の師範長崎萬兵衛に質した。

「長崎、本日はいかなる稽古日か」

「はあ、藩主三宅康明様が家臣の剣術の技量が知りたいと申されたと、それがし、聞かされており申す」

「そういえば襲封されて以来、康明どのはこれまでこの破れ道場に一度として姿を見せられたことはないな、それがいかなる理由でそれがしをこたびにかぎり呼ばれたか」

と家臣でもなき剣術家にして城下のやくざ者の賭場の用心棒がいささか懸念を込めた言葉を口にした。

長崎は、「そなたが指導する日に殿が道場に参られることがなかったには曰くあり」と喉まで出かかったが口にはしなかった。

「殿のお成り」

と小姓の声がして、家臣たちは道場の床に身分に合わせて座した。そこへ藩主が現れて貧弱な見所に上がり、座した。

この日、康明には腰に脇差を差しただけのひとりの年寄り爺が従っていた。

(なんと赤目小籐次が三宅康明に随身している)

小籐次のことを噂に聞いていた磯子に強い警戒心が生じた。

「だれぞ教えよ、なんの真似だ」

と磯子五丈が喚いたとき、若侍が入ってきて道場の端に座し、神棚と藩主に拝礼した。その手に二尺五、六寸ほどの布包みが携えられていたが、その包みを己の大刀とともに背後に置いた。

(なんと赤目小籐次の倅駿太郎まで来おるわ)

まさか旗本三枝實貴の死が知られたのではなかろうな、磯子五丈は不安を抱いた。三枝實貴は賭場の薪蔵の一角で磯子が仕込み杖の直剣で刺し殺し、加治木の弁松に骸と凶器の仕込み杖を密やかに始末せよと命じていた。磯子はまさか弁松の子分どもが田原城下の沖合一里に浮かぶ姫島の浜に仕込み杖が刺さったままの骸を捨てたとは知らなかった。

「殿、この道具立てはなんのためか」

磯子は藩主に向かって話しかけた。

「黙りおろう。殿に向かってなんたる口の利きようか」

国家老の村上翔左が礼儀知らずの磯子へ叱声を放った。

「おのれら、なにを策しておる。あれこれと虚名ばかりが世間に知られた赤目小籐次がそれがしと勝負を為したいというか」

その言葉にだれも答えない。

しばし沈黙のあと、小籐次が目顔で、

(この者と話してようございますか)

と康明に願い、若い藩主が頷くと、

「磯子五丈、旗本三枝實貴どの殺害の咎ありて、藩主三宅康明様のご判断に基づきその方を処分致す」

と明言した。

「なんと年寄り爺が本気で申しておるか」

と磯子が手にしていた大刀を腰に差し戻して道場の家臣一同を平然と見廻し、

「真剣勝負がどのようなものかとくと見ておれ」

と高言した。

「爺、勝負の得物はその脇差か」

「磯子五丈、勘違い致すでない」

「勘違いだと、おのれはこの磯子五丈との勝負、躊躇《ためら》ったか」

「躊躇いはせぬが、わしがそなたの相手ではないことは確かでな。そのほうの相手はわしの倅、十四歳の赤目駿太郎で十分であろう」

と小籐次が言い放ち、駿太郎に無言ながら頷きの仕草で命じた。

「畏まりました」

と立ち上がった駿太郎が、

「ご門弟衆、木刀をお貸し願えませぬか」

と願った。

「なに、倅がわしの相手じゃと、それに木刀じゃと、なめた真似をしおって。倅は、真剣勝負は不安か」

「お間違いあるな。そなた様を相手にしてわが一剣を穢すのは差し障りがございます。ゆえに木刀をお借りするまで。そなた様は、自慢の刀で立ち合われてようございます」

「小童《こわつぱ》、抜かしおったな」

若い家臣のひとりが駿太郎に二本の木刀を、

「片方は常寸、もう一方は赤目駿太郎様の背丈に合わせて三寸ほど長き稽古用の木刀にございます」

と差し出した。

「お心遣い感謝致します。稽古用の木刀をお借りします」

と応じた駿太郎が脇差を外し、背後に置かれた大刀と一緒に渡すと、交換するように長い木刀を受け取った。

床に布包みだけが残った。

駿太郎が布包みを左手で摑むと、もう一方の手に持った木刀で素振りを軽やかにくれた。

道場の気が二つに切り分けられて、びゅっ、と音が響いた。なんと稽古用の長くて太い木刀で軽々と片手で素振りをしてみせた駿太郎に、

「ちょこざいなこけおどしかな」

と磯子が蔑み、腰の派手派手しい拵えの刀の鯉口を切った。

それを見た駿太郎が片方の手に摑んでいた布包みをぱらりと開いて、磯子五丈の前に転がした。血のりのついた直剣を見た磯子の顔色が変わった。

「そなたの愛用の杖に仕込まれた剣でございますな。穢れは田原藩に接した地に所領を持つ旗本三枝實貴様の血のりにござる」

「おのれ、爺もじじいならば、小倅もこせがれ、口舌の徒め」

言い放った磯子が刃渡り二尺四寸はありそうな重《かさね》の厚い刀を抜いて正眼に構えた。

「小わっぱ、それがしの愛刀は徳川家に仇《あだ》なす村正の一剣よ。そのほう、将軍家より拝領した備前一文字派則宗を所持しておろう。どうだ、村正と拝領の一剣で勝負せぬか」

とあらぬことを告げた。動揺した磯子五丈は平静を欠いていた、言葉にしては

ならぬことをつい口走った。

「磯子どの、家康様は長男の信康様を介錯した村正を、『わが差し料のなかに村正あればみな取捨てよ』と申されたそうな。そのほうが自慢の刀が真の村正かどうか知らぬが、その名を口にしたことで、磯子五丈、そなたに死しか途はない」

と若い駿太郎平次が言い放った。

その折り、三宅康明がちらりと小籐次を見た。

「康明様、勝負は時の運と」

と小籐次が言いかけたとき、駿太郎が相正眼に木刀を構えた。

この場の家臣たちは磯子五丈が駿太郎の倍以上の歳であり、修羅場を潜った数ではるかに上と思った。

間合いは一間半。

駿太郎がゆっくりと詰めて五尺と変わった。どちらかが踏み込めば、勝負が決する。それは生と死をかけた戦いとだれもが分かった。

磯子五丈の正眼に構えられた妖剣村正が八双へとゆるゆると上げられていく。

一方、駿太郎の正眼は微動だにしなかった。

(どちらが仕掛けるか)

とその場のだれもが考えていた。

城内の一角の鐘撞堂で、四つ（午前十時）の刻限を告げる音が響いた。

その瞬間、磯子五丈が踏み込むと同時にふたりの間に転がっている、三枝實貴を刺殺した隠し剣を足先で掬《すく》い上げるようにして駿太郎に向かって飛ばした。

直剣が駿太郎の右足を掠《かす》めたが、微動もせず、磯子との間合いだけを見ていた。

一方、磯子五丈は己の隠し剣に注意を向けた分だけ動きが乱れていた。

駿太郎はただ待った。

ぎりぎりまで待った。

磯子五丈の刃が八双から長身の駿太郎の首筋を斬り裂こうとした瞬間、駿太郎の正眼の構えが動いた。なんと木刀が光に変じて磯子の喉元を突き破って後ろへと飛ばしていた。

後の先。

一瞬の差で磯子五丈は背から道場の床に叩きつけられて悶絶した。

死の気配に道場を重い静寂が支配した。

しばし突きの構えを為していた駿太郎がゆっくりと稽古用の木刀を下ろし、三宅康明に向かって一礼した。

「見事なり、赤目駿太郎」

と康明が褒めた。

だが、駿太郎は康明に会釈を返しただけで木刀を借り受けた家臣に歩み寄り、木刀と自分の刀と脇差を交換すると静かに田原藩の道場を出ていった。

旗本三枝實貴を殺した磯子五丈を駿太郎が討った。徳川一門に禁じられた村正を己の差し料と口にした磯子五丈は、死しか残された道はなかった。

その勝負を見た三宅康明は、

「赤目どの、驚き申した」

と小声で正直な気持ちを告げた。

「康明様、未だ田原藩の面倒は終わっておりませぬ。今晩、出陣する御番衆二十名をこの場に残して下され」

と小籐次は願った。


その昼下がりの刻限、駿太郎が三枝家の陣屋の離れ屋に戻ると、薫子とおりょうが楠の老木の小屋に立ち、三河の光る海を眺めていた。そして、ふたりの女衆を滑車を利用した帆布製の袋で木小屋に上げた子次郎と波平と与助の三人が老楠の根元にいた。

子次郎は、すでに薫子の父三枝實貴の身に起こったことの経緯と田原城の道場での駿太郎と磯子五丈の勝負を承知していた。むろん父子の命でもあり、元祖の鼠小僧次郎吉ならではの密かな行動の結果だった。そして、波平と与助は子次郎からある程度の事実を聞かされていた。ゆえに駿太郎に会っても無言を通した。

駿太郎は母と薫子のいる木小屋に上がった。

ふたりが駿太郎を黙って迎えた。

薫子は、異変が起こったということを推量していたが、子細は知らなかった。

おりょうも三枝實貴に危難が降りかかったと察していたが、こちらも事実は一切知らされてなかった。

「駿太郎、なんぞありましたか」

おりょうが女ふたりの間に立った駿太郎を見上げて質した。

薫子は駿太郎が傍らにいると承知していたが、不じゅうな眼差しを淡々と眼下の光る海へ向けていた。

「薫子様、母上、三枝の殿様の身に起こった哀しい出来事をお告げせねばなりません」

と前置きして先夜来の事実を克明に告げた。

その間、薫子の眼差しは三河の光る海に釘付けになったままだった。

「駿太郎、薫子姫にお伝えするのはそれだけですか」

「いえ、もう一つございます」

と応じて田原藩の道場での磯子五丈と駿太郎の勝負の経緯と結果を語った。

その瞬間、薫子の両眼から涙が零れて、

「駿太郎様が父の愚かな行いの始末をつけてくださいましたか」

と問い返した。

「それがしの行動は藩主の三宅康明様とわが父のふたりが承知したゆえに行われたものです。康明様も父も賛意を示されたということです」

薫子の手が駿太郎に迷いながら差し出されたのを見た駿太郎が握り返した。薫子は、

「ありがとう、駿太郎さん」

と礼を述べ、

「姫、われらは身内同然の間柄、礼の言葉など無用です」

「よう言うてくれました、駿太郎」

とおりょうが倅を褒めた。

「三枝家の当主たる父上が無益な曰くで身罷ったとしたら、この所領も陣屋も加治木の弁松とやらのものになるのでしょうか」

と薫子が次なる懸念を言葉にした。

「譜代の旗本三枝家の所領と陣屋がやくざ者の手に渡ることなどあり得ません。この一件は、わが父上と三宅の殿様に託されませんか。おふたりは決して薫子様の悪いようにはなさりますまい」

と駿太郎が言った。

「駿太郎さん、わたしはこの離れ屋に住み続けてよろしいのですね」

「母上、どう思われます」

「駿太郎の父は、公方様とも老中青山様とも昵懇の間柄です。譜代の旗本の娘である薫子様が哀しむようなことは決して起こりません」

とおりょうが言い切り、

「今宵、陣屋で通夜をなす仕度をせねばなりませんね、薫子様」

と實貴のことに話柄を戻した。

「母上、その前に父とそれがし、もうひとつ為すべき行いが残っております。ですが、夜半過ぎには戻って参り、通夜にも明日の弔いにも必ずや参列させてもらいます」

と駿太郎が約定した。

田原城下から半里ほどのところに藩の薪蔵があった。

八つの刻限、加治木の弁松が田原藩から黙認された賭場が開かれようとしていた。駕籠などでこの界隈の博奕好きの分限者がぞろぞろと集まり、いつものように博奕場は熱気に支配されていた。

半刻後のことだ。

「親分、磯子五丈先生の姿が見えないのだがな」

と磯子五丈の右腕と呼ばれる土方《ひじかた》松三が弁松に告げた。

「今日は特別な稽古日と聞いた。いつもの女のところに寄って遅くなっているのではないか」

「それがどうもその気配はないし、城の動きが奇妙だぞ、親分」

「どういうことだ」

薪蔵の入口に造られた帳場のなかで問答するふたりの前に切り取られた髷一つ

と、このふたりがとくと承知の派手な拵えの「村正」が投げ込まれた。

「だれだ」

と土方が薪蔵の奥の賭場を気にしながら叫んだ。

「田原藩御番衆頭にして捕り方東尾光次郎《ひがしおこうじろう》である」

と答えながらふたりの視界の前にひとりの武家方が捕り物姿で立った。鉢巻、襷《たすき》がけに大小を腰に差し、御用の象徴ともいえる十手を凛々しくも手にしている。

東尾の傍らには木刀を手にした赤目駿太郎が控えていた。

「東尾様、この一件、重臣方は承知でございましょうな」

と弁松が詰問した。

「この一件とはなにか」

「薪蔵での賭場は、うちと田原藩とがお互い承知の上でのことだ」

「弁松、とくと聞け。家康公以来の譜代旗本三枝家の当主實貴様を、そのほうの用心棒磯子五丈が刺殺した証しを、われらはっきりと摑んでおる。また、磯子自らも藩主康明様の前で認めたゆえ、こちらにおられる赤目駿太郎様が磯子を討ち果たされた。

もはや弁松、そのほうと田原藩の関わりはなにもなし、この賭場もすでに差止めである。われら、御番衆捕り方が手入れに入る。神妙に致せ」

と東尾がいささか大仰に言い放ったとき、

「わあっ」

という驚愕の声が賭場から聞こえてきた。すでに加治木の弁松の賭場は、田原藩の御用方の手の者に支配されていた。

「弁松、抗うならばわれら容赦なく斬り捨てる」

と背後に赤目小籐次と駿太郎父子の加勢もあって強気に変じた東尾が言い放った。

「おのれ」

と土方松三がちらりと髷と刀を見て、刀を抜くと東尾に斬りかかろうとした。

そより
と駿太郎が動いて木刀の先端が土方の鳩尾《みぞおち》を突いて後ろ向きに転がした。

翌朝の三枝家の弔いには、なんと田原藩主三宅康明が乗物を乗り付けて参列した。

昨夜、加治木の弁松一家の賭場と屋敷に田原藩の手が入り、賭場で押収された七百五十八両に加えて、屋敷から二千三百余両の金子が勘定方に抑えられた。

田原藩の財政は窮乏しており、参勤上番およそ六泊七日の費え、三百余両の目途も立っていない。

そこへ三千両を越える金子の没収と引き換えに、昨夜捉えた賭場の客たちには牢に入ることを免除する「貸し」を造ったのだ。むろん小籐次の知恵で、今後のことを考えてのことだった。

弔いの終わったとき、薫子が康明に、

「こたびは父が田原藩に迷惑をお掛けしたにもかかわらず、弔いにまでお出でいただき、薫子、感謝の言葉も見つかりませぬ。このとおりでございます」

と深々と頭を下げた。康明は、

「薫子様、当家は、三枝家のお陰で赤目小籐次様ご一家と知り合いになれたのだ。この康明にとって江戸在府を考えたとき、実に得難くも心強いかぎりである」

と言い切った。

譜代小名にとって、公方様と「昵懇」と称される赤目小籐次の存在が江戸城中でどれほど大きいか康明はすでに察していた。

磯子が携帯していた「村正」がどうなったか、筆者は知らぬ。

ただ、弔いの席で若い男女のふたりの行く末がよかれと念じたことであった。そして、この三河に残るおりょうが必ずや若いふたりの相談相手になることを筆者は信じて疑わなかった。

弔いの翌日、吉田宿から豊後森藩の使いがきて、赤目小籐次と駿太郎父子は、摂津の湊で参勤交代の一行と落ち合うために陣屋をあとにした。

三河の美しい夏の海と薫子とおりょう、子次郎の三人が旅立ちを見送っていた。

この作品は文春文庫のために書き下ろされたものです。

文春文庫

光《ひか》る海《うみ》

新《しん》・酔《よ》いどれ小藤次《ことうじ》（二十二）

定価はカバーに
表示してあります

2022年2月10日　第1刷

著　者　佐伯《さえき》泰英《やすひで》
発行者　花田朋子
発行所　株式会社 文藝春秋

東京都千代田区紀尾井町3-23　〒102-8008
TEL　03・3265・1211(代)
文藝春秋ホームページ　http://www.bunshun.co.jp

落丁、乱丁本は、お手数ですが小社製作部宛お送り下さい。送料小社負担でお取替致します。

印刷・凸版印刷　製本・加藤製本
Printed in Japan
ISBN978-4-16-791823-1

（　）内は解説者。品切の節はご容赦下さい。

佐伯泰英
神隠し
新・酔いどれ小籐次（一）
背は低く額は禿げ上がり、もくず蟹のような顔の老侍で、無類の大酒飲み。だがひとたび剣を抜けば来島水軍流の達人である赤目小籐次が、次々と難敵を打ち破る痛快シリーズ第一弾！
さ-63-1

佐伯泰英
願かけ
新・酔いどれ小籐次（二）
一体なんのご利益があるのか、研ぎ仕事中の小籐次に賽銭を投げて拝む人が続出する。どうやら裏で糸を引く者がいるようだが、その正体、そして狙いは何なのか――。シリーズ第二弾！
さ-63-2

佐伯泰英
桜吹雪《はなふぶき》
新・酔いどれ小籐次（三）
夫婦の披露目をし、新しい暮らしを始めた小籐次。呆けが進んだ長屋の元差配のために、一家揃って身延山久遠寺への代参の旅に出るが、何者かが一行を待ち受けていた。シリーズ第三弾！
さ-63-3

佐伯泰英
姉と弟
新・酔いどれ小籐次（四）
小籐次に斃された実の父の墓石づくりをする駿太郎と、父のもとで鋳職人修業を始めたお夕。姉弟のような二人を見守る小籐次に、戦いを挑もうとする厄介な人物が―。シリーズ第四弾。
さ-63-4

佐伯泰英
柳に風
新・酔いどれ小籐次（五）
小籐次は、新兵衛長屋界隈で自分を尋ねまわる怪しい輩がいると知り、読売屋の空蔵に調べを頼む。これはネタになるかと張り切る空蔵だが、その身に危機が迫る。シリーズ第五弾！
さ-63-5

佐伯泰英
らくだ
新・酔いどれ小籐次（六）
江戸っ子に大人気のらくだの見世物。小籐次一家も見物したが、そのらくだが盗まれたうえに身代金を要求された！　なぜか小籐次が行方探しに奔走することに……。シリーズ第六弾！
さ-63-6

佐伯泰英
大晦り《おおつごもり》
新・酔いどれ小籐次（七）
火事騒ぎが起こり、料理茶屋の娘が行方知れずになる。同時に焼け跡から御庭番の死体が見つかっていた。娘は事件を目撃して攫われたのか？　小籐次は救出に乗り出す。シリーズ第七弾！
さ-63-7

（　）内は解説者。品切の節はご容赦下さい。

佐伯泰英
夢三夜
新・酔いどれ小籐次（八）
新年、宴席つづきの上に町奉行から褒美を頂戴した小籐次を、刺客が襲った。難なく返り討ちにしたが、その刺客の雇い主に気づいたおりょうは動揺する。黒幕の正体、そして結末は？
さ-63-8

佐伯泰英
船参宮
新・酔いどれ小籐次（九）
心に秘するものがある様子の久慈屋昌右衛門に請われ、伊勢へ同道することになった小籐次。地元の悪党や妖しい黒巫女が行く手を阻もうとするところ、無事に伊勢に辿り着けるのか？
さ-63-9

佐伯泰英
げんげ
新・酔いどれ小籐次（十）
北町奉行所から極秘の依頼を受けたらしい小籐次が、嵐の夜に小舟に乗ったまま行方不明に。おりょうと駿太郎、そして江戸中の人々が小籐次の死を覚悟する。小籐次の運命やいかに!?
さ-63-10

佐伯泰英
椿落つ
新・酔いどれ小籐次（十一）
小籐次が伊勢参りの折に出会った三吉が、強葉木《つばき》谷の精霊と名乗る謎の相手に付け狙われ、父を殺された。敵は人か物の怪か。三吉を救うため、小籐次と駿太郎は死闘を繰り広げる。
さ-63-11

佐伯泰英
夏の雪
新・酔いどれ小籐次（十二）
将軍にお目見えがなった小籐次は見事な芸を披露して喝采を浴びるが、大量の祝い酒を贈られて始末に困る。そんな折、余命わずかな花火師の苦境を知り、妙案を思いつくが……。
さ-63-12

佐伯泰英
鼠草紙《ねずみのそうし》
新・酔いどれ小籐次（十三）
小籐次一家は、老中青山の国許であり駿太郎の実母・お英が眠る丹波篠山へと向かう。実母の想いを感じる駿太郎だったが、お家再興を諦めないお英の兄が、駿太郎を狙っていた。
さ-63-13

佐伯泰英
旅仕舞
新・酔いどれ小籐次（十四）
残忍な押込みを働く杉宮の辰磨一味が江戸に潜入したらしい。探索の助けを求められた小籐次は、一味の目的を探るうち、標的が自分の身辺にあるのではと疑う。久慈屋に危機が迫る！
さ-63-14

（　）内は解説者。品切の節はご容赦下さい。

佐伯泰英
鑓騒ぎ
新・酔いどれ小籐次（十五）
小籐次の旧主・久留島通嘉が何者かに「新年登城の折、御鑓先を頂戴する」と脅された。これは「御鑓拝借」の意趣返しか？　藩を狙う黒幕の正体は、そして小籐次は旧主を救えるか？
さ-63-15

佐伯泰英
酒合戦
新・酔いどれ小籐次（十六）
十三歳の駿太郎はアサリ河岸の桃井道場に入門、年少組で稽古に励む。一方、肥前タイ捨流の修行者に勝負を挑まれた小籐次は、来島水軍流の一手を鋭く繰り出し堀に沈めてみせるが――。
さ-63-16

佐伯泰英
鼠異聞 上下
新・酔いどれ小籐次（十七・十八）
「貧しい家に小銭を投げ込む」奇妙な事件が続く中、高尾山薬王院へ紙を納める久慈屋の旅に、息子の駿太郎らとともに同行する小籐次。道中で、山中で、一行に危険が迫る！
さ-63-17

佐伯泰英
青田波
新・酔いどれ小籐次（十九）
「幼女好み」の卑劣な男から、盲目の姫君を救ってほしい。小籐次に助けを求めるのは、江戸中を騒がせるあの天下の怪盗!?　武家の官位を左右する力を持つ高家肝煎を相手にどうする。
さ-63-19

佐伯泰英
三つ巴
新・酔いどれ小籐次（二十）
小籐次の新舟「研ぎ舟蛙丸」の姿に江戸中が沸く中、悪事を重ねるニセ鼠小僧。元祖鼠小僧・奉行所・そして小籐次が、普段ならありえないタッグを組んでニセ者の成敗に乗り出す！
さ-63-20

佐伯泰英
小籐次青春抄
品川の騒ぎ・野鍛治
豊後森藩の厩番の息子・小籐次は野鍛冶に婿入りしたかつての悪仲間を手助けに行くが、その村がやくざ者に狙われているのを知り一計を案じる。若き日の小籐次の活躍を描く中編二作。
さ-63-50

佐伯泰英
御鑓拝借《おやりはいしゃく》
酔いどれ小籐次（一）決定版
森藩への奉公を解かれ、浪々の身となった赤目小籐次、四十九歳。胸に秘する決意、それは旧主・久留島通嘉の受けた恥辱をすすぐこと。仇は大名四藩。小籐次独りの闘いが幕を開ける！
さ-63-51

（　）内は解説者。品切の節はご容赦下さい

佐伯泰英
意地に候
酔いどれ小籐次（二）決定版

御鑓拝借の騒動を起こした小籐次は、久慈屋の好意で長屋に居を定め、研ぎを仕事に新たな生活を始めた。だが威信を傷つけられた各藩の残党は矛を収めていなかった。シリーズ第2弾！

さ-63-52

佐伯泰英
寄残花恋《のこりはなよするこい》
酔いどれ小籐次（三）決定版

小金井橋の死闘を制した小籐次は、生涯追われる身になったと悟り甲斐国へ向かう。だが道中で女密偵・おしんと知り合い、ともに甲府を探索することに。新たな展開を見せる第3弾！

さ-63-53

佐伯泰英
一首千両
酔いどれ小籐次（四）決定版

鍋島四藩の追腹組との死闘が続く小籐次だったが、さらに江戸の分限者たちが小籐次の首に千両の賞金を出し、剣客を選んで襲わせるという噂が…。小籐次の危難が続くシリーズ第4弾！

さ-63-54

佐伯泰英
孫六兼元
酔いどれ小籐次（五）決定版

久慈屋の依頼で芝神明の大宮司を助けることになった小籐次。社殿前の賽銭箱に若い男が剣で串刺しにされ、死んでいたという。大宮司は、小籐次に意外すぎる秘密を打ち明けた――。

さ-63-55

佐伯泰英
騒乱前夜
酔いどれ小籐次（六）決定版

自ら考案した行灯づくりの指南に水戸に行くことになった小籐次。だがなぜか、同行者の中に探検家・間宮林蔵の姿が。幕府の密偵との噂もある彼の目的は何なのか？　シリーズ第6弾！

さ-63-56

佐伯泰英
子育て侍
酔いどれ小籐次（七）決定版

刺客、須藤平八郎を討ち果たし、約定によりその赤子、駿太郎を引き取った小籐次。周囲に助けられ〝子育て〟に励む小籐次だったが、駿太郎の母と称する者の影が見え隠れし始め……。

さ-63-57

佐伯泰英
竜笛嫋々《りゅうてきじょうじょう》
酔いどれ小籐次（八）決定版

おりょうに持ち上がった縁談。だがおりょうは不安を小籐次に吐露する。相手の男の周りは不穏な噂が絶えない。そして、おりょうの突然の失踪――。想い人の危機に、小籐次どう動く？

さ-63-58